헤밍웨이 걸작선

The
Old Man
and The Sea

헤밍웨이 걸작선

어니스트 헤밍웨이 Ernest M. Hemingway 지음 | 최홍규 옮김

The Snows of
Kilimanjaro

평 단

A man can be destroyed but not defeated.

The
Old Man
and The Sea

노인과 바다

노인과 바다

그는 멕시코 만류_Gulf Stream_에서 작은 고깃배를 타고 홀로 고기잡이를 하는 늙은이였다.

고기 한 마리 낚지 못하는 날이 84일이나 계속되었다. 처음 40일 동안은 소년이 그와 함께 있었다. 그러나 한 마리도 낚지 못하는 날이 40일이나 계속되자 소년의 부모는 이제 노인이 완전히 '살라오'_Salao_, 즉 운이 나빠 최악의 상태에 이르렀다고 말했다.

소년은 부모가 시키는 대로 다른 배를 타게 되었다. 그리고 그 배는 첫 주일에 큰 고기를 세 마리나 잡았다.

노인이 날마다 빈 배로 돌아오는 걸 보게 되는 것이 소년은 무엇보다 가슴 아팠다. 그래서 소년은 늘 노인을 맞이하러 가곤 했다. 휘감겨 버린 낚싯줄이며 갈퀴, 작살, 돛대에 둘둘 말아 두었던 돛 치우는 일을 거들기 위해서였다.

노인의 돛은 밀가루 포대 조각으로 여기저기 기워져 있었는데, 그것을 돛대에 둘둘 감아 둔 모습은 영원한 패배를 상징하는 깃발처럼 보였다. 야위어 홀쭉한 노인의 목덜미에도 깊은 주름이 잡혀 있었다.

열대의 바다가 반사하는 태양의 열기로 노인의 뺨에는 양성의 피부암처럼 보이는 갈색 반점이 나 있었는데, 얼굴 양쪽 훨씬 아래까지 쭉 번져 있었다. 또, 두 손에는 군데군데 큰 고기를 잡으려고 밧줄을 다루다가 생긴 상처가 깊었다.

그러나 어느 것 하나 새로 생긴 상처가 아니었다. 물고기 없는 사막의 침식 지대처럼 낡고 메마른데다 오래된 상처들이었다. 눈을 제외한 모든 것이 오래되어 보였다. 그러나 노인의 눈만은 바다와 똑같은 빛깔을 띠고 있었으며 불굴의 생기가 감돌았다.

"산티아고 Santiago 할아버지!"

고깃배를 끌어올렸던 둑으로 함께 걸어 올라가면서 소

년이 말했다.

"할아버지와 함께 다시 바다로 나갈 수 있었으면 좋겠어요. 우리도 돈을 좀 벌었거든요."

노인은 지금까지 소년에게 고기잡이를 가르쳐 왔었다. 그래서 소년은 노인을 무척 따랐다.

"그건 안 돼."

노인이 말했다.

"네가 지금 타고 있는 배는 행운이 따르니까, 그 사람들하고 같이 있도록 하거라."

"하지만…… 할아버지는 87일 동안이나 고기를 한 마리도 못 잡았지만, 우리들은 삼 주일 동안 매일같이 큰 고기를 잡았단 걸 기억하셔야 해요."

"알고 있다."

노인이 대답했다.

"네가 내 솜씨를 의심해서 배를 옮겨 탄 게 아니란 것도 알고 있다."

"배를 옮겨 타라고 한 건 아버지였어요. 저는 아직 어리니까 아버지 말씀을 들어야 하잖아요."

"암, 그렇지. 당연한 얘기지."

노인이 말했다.

"그렇지만…… 아버지는 신념이 없어요."

"그런가 보다. 하지만 우리들은 신념을 가졌지. 그렇지 않니?"

"물론이죠."

소년이 말했다.

"제가 맥주를 한 잔 사 드릴게요. 드시고 나서 어구漁具를 집으로 나르도록 해요."

"좋은 생각이지. 우린 어부들이니까."

노인이 말했다.

노인과 소년이 테라스에 자리를 차지하고 앉자 어부들이 하나둘 노인을 놀려대기 시작했다. 그러나 노인은 화를 내지 않았다. 나이 든 어부들은 노인을 발견하고는 동정 어린 눈빛을 보냈다. 그러나 그들 역시 동정의 눈빛뿐이지 그날의 조류가 어떻다느니, 얼마나 깊은 바다에 낚싯줄을 내렸었는가, 이런 좋은 날씨는 당분간 계속될 거라는 둥 이야기를 주고받는 일에나 열중할 따름이었다.

큰 고기를 낚은 어부들은 벌써 돌아와 잡아 온 고기에다 칼질을 하고 내장을 긁어낸 다음 두 장의 널빤지에 길게 늘어놓았다. 널빤지 양쪽으로 두 사람이 들러붙었는데도 어류 저장고로 운반해 가는 동안 비틀거릴 정도로 무게가 나갔다. 여기 모인 어부들은 하나같이 아바나 *Havana* 의 시장으로 생선을 싣고 가는 냉동 트럭을 기다리는 중이다.

상어를 잡은 어부들 역시 포구 반대편 기슭에 있는 상어 공장으로 운반하는 일을 이미 끝마친 상태였다. 상어 공장에서는 상어 손질이 한창이었다. 도르래와 밧줄을 이용해 달아 올려진 상어의 간을 빼내고, 지느러미를 자르고, 껍질을 벗기고, 살을 소금에 절이기 위해 토막을 냈다.

동쪽에서 바람이 불어올 때면 포구를 가로지른 상어 공장의 냄새가 이곳까지 풍겨 왔다. 그러나 오늘은 냄새가 대단치 않았다. 바람이 북쪽으로 물러났기 때문이었다. 그리고 그 바람도 이내 잠잠해져서 테라스 *Terrace* 에는 햇볕이 들고 상쾌했다.

"산티아고 할아버지!"

소년이 불렀다.

"응."

노인이 대답했다. 맥주 잔을 든 채로 노인은 지난날의 생각에 잠겨 있었다.

"내일 쓸 정어리 *sardine*를 미리 구해다 놓을까요?"

"아니다, 괜찮아. 가서 야구나 하고 놀거라. 아직은 내가 노를 저을 수 있으니까. 게다가 로헤리오 *Rogelio*가 어망을 던져 줄 테니까."

"하지만 할아버지와 함께 바다에 나가고 싶은걸요. 함께 못 간다면 달리 도와 드리고 싶어요."

"내게 맥주를 사 주지 않았니. 너도 이젠 어른이 다 되었구나."

노인이 말했다.

"처음 고깃배에 태워 주셨을 때 제가 몇 살이었죠?"

"다섯 살이었지, 내가 팔팔한 고기를 잡아 올렸을 때…… 그 녀석은 배를 거의 산산조각을 낼 뻔했지. 그때 너도 하마터면 죽을 뻔했단다, 생각나니?"

"제가 생각나는 것은 말이에요…… 그 녀석이 꼬리를 이리저리 마구 휘두르면서 날뛰다가 배의 가로대를 부러뜨린 일이에요. 할아버지는 저를 번쩍 들어서는 던지듯 내려놓았죠. 바닷물에 젖은 낚싯줄을 도사려 놓은 뱃머리에다 말예요. 그리고는 배가 마구 흔들거렸죠. 할아버지는 곤봉으로 그 녀석을 사정없이 두들겼죠. 마치 장작을 패듯

이 말예요. 지금도 그때의 곤봉 소리가 들리는 것만 같아
요. 달큼한 피 냄새가 진동하던 일도 생각이 나고요."

"정말 그 일이 생각이 나는 게냐, 아니면 내가 얘기해 준
걸 떠올리며 말하는 게냐?"

"할아버지와 함께 바다에 나갔을 때의 일은 모두 다 기
억하고 있어요."

햇볕에 그을린데다 믿음직스럽고 다정한 눈으로 노인
은 소년을 바라보았다.

"네가 나의 아들이라면 바다에 데리고 나가 모험이라도
한번 해보고 싶다만……."

노인이 말했다.

"하지만 너는 네 아버지의 아들이고, 또한 어머니의 아
들이잖니. 게다가 지금 네가 타는 배는 행운이 따르고 있
고 말이야."

"정어리를 구해 올게요. 아니면……미끼를 구해 오라고
해도 가져올 수 있답니다."

"아직 쓸 것을 남겨 뒀단다. 소금에 절여 궤짝에 넣어 두
었어."

"싱싱한 걸로 네 개 구해다 드릴게요."

"그렇다면 하나만 구해 오렴."

노인이 말했다. 그는 아직도 희망과 자신감에 불타오르고 있었다. 그것은 지금 산들바람과 더불어 새로이 일어나고 있었다.

"두 개 가져올게요."

소년이 말했다.

"그럼 두 개……."

할 수 없다는 듯 노인이 응했다.

"……훔친 건 아닐 테지?"

"훔칠 수도 있지만요, 이건 산 거예요."

소년이 말했다.

"고맙구나."

노인이 대답했다. 그는 단순한 사람이었다. 그래서 스스로를 지나치게 비하하지 않았는가 하고 생각하는 일도 없었다. 설사 그렇더라도 그것은 전혀 부끄러운 일도 아니고, 더군다나 자부심에는 조금의 손상도 없는 거라고 생각했다.

"조류가 이대로만 계속된다면 내일도 틀림없이 날씨가 좋을 거야."

노인이 말했다.

"어디로 나가실 거예요?"

소년이 물었다.

"나갈 수 있는 한 멀리 갔다가 바람이 바뀔 때쯤 돌아올 생각이다. 그러자면 해 뜨기 전에 멀리까지 나가 있고 싶구나."

"우리 주인한테도 멀리 나가자고 해 볼게요."

소년이 말했다.

"그렇게 하면 할아버지가 정말 큰 놈을 낚아 올렸을 때 우리들이 가서 도와 드릴 수 있잖아요."

"그 사람은 멀리 나가는 걸 좋아하지 않는가 보더라."

"그건 그래요."

소년이 말했다.

"하지만 주인이 구경도 못 해 본 걸 보게 해 주고 싶어요. 새가 고기를 찾아 돌아다니는 걸 보여 줄 거예요. 그리고 돌고래를 쫓아서 멀리 나가도록 해 볼게요."

"그 사람, 눈이 그렇게나 나쁘단 말이냐?"

"거의 장님이나 마찬가진걸요."

"그것 참 이상한 일이군."

노인이 말했다.

"그 사람은 거북잡이를 나간 일도 없는데 말이다. 거북잡이야말로 눈을 못 쓰게 만들거든."

"그렇지만 할아버지는, 모스키토 해안 *Mosquito Coast*에서 몇 년 동안이나 거북잡이를 하셨지만 여전히 눈이 좋으시잖아요."

"나야 좀 괴짜라고 할 수 있지."

"하지만 정말 큰 고기가 물렸을 때 감당할 만한 힘이 지금도 있으세요?"

"아마 그럴걸. 게다가 여러 가지 방법을 알고 있으니 말이야."

"어구를 운반해야겠어요."

소년이 노인을 재촉했다.

"투망을 가지고 정어리를 잡으러 가게 말예요."

노인과 소년은 다시 고깃배로 가서 어구를 끌어내렸다.

노인이 먼저 어깨 위에다 돛대를 얹었다. 둘둘 감아 놓은 갈색 낚싯줄이 들어 있는 나무 상자와 갈고릿대와 창이 꽂힌 작살은 소년이 운반했다. 미끼가 들어 있는 궤짝은 고깃배의 그물에다 매어 두었다. 그 옆에는 큰 고기를 배 위로 끌어올렸을 때 쓰는 곤봉이 가지런히 놓여 있었다.

노인의 물건을 훔쳐 가는 일이야 없을 테지만 돛과 굵은 밧줄은 이슬을 맞으면 좋지 않으니까 운반해 가는 것이었다. 게다가 이 지방 사람이 혹시라도 자기 물건을 훔쳐 가지는 않으리라고 노인은 믿고 있었지만, 갈고릿대나 작살을 배 위에 둔다는 것 역시 공연히 마음을 유혹할지 모른다고 생각했다.

그들은 노인이 살고 있는 오두막집Shack으로 곧장 걸어 올라가 활짝 열린 문으로 들어섰다. 노인이 먼저 돛으로 둘둘 감아 싼 돛대를 벽에 기대어 놓았다. 그제야 소년은 나무 상자와 어구를 그 옆에 갖다 놓았다.

단칸방인 노인의 오두막집은 돛대와 길이가 비슷했다. 이 오두막집은 그 지방에서 구아노guano라고 불리는 종려나무의 튼튼한 껍질로 만들어져 있었다. 방 안에는 침대 하나에, 역시 테이블과 의자가 각각 하나씩 있고 흙바닥에는 숯불로 음식을 만드는 곳이 준비되어 있었다.

섬유가 질긴 구아노를 여러 겹으로 겹쳐서 반반하게 만든 벽에는 두 장의 채색된 그림이 걸려 있었다. 한 장은

〈예수의 성심상 *Sacred Heart of Jesus*〉(창으로 심장을 찔린 예수상:
옮긴이)이었고, 또 한 장은 〈코브레의 성모마리아상 *Virgin of
Cobre*(쿠바에 있는 순례지:옮긴이)〉이었다. 둘 다 죽은 아내의 유
물이었다.

　한때는 바랜 듯한 아내의 사진이 걸려 있었으나 노인은
그것을 떼어 버렸다. 사진을 바라볼 때마다 마음이 너무
울적해지기 때문이었다. 그래서 지금은 방구석에 있는 선
반의 세탁한 속옷 밑에다 넣어 두었다.

　"무얼 좀 드시겠어요?"

　소년이 물었다.

　"생선 쌀죽이나 한 냄비 끓여먹지, 뭐. 너도 먹을래?"

　"아니요. 집에 가서 먹을래요. 불 좀 피워 드릴까요?"

　"괜찮아. 내가 나중에 피우마. 아니면 먹던 게 남았으니
그거라도 좀 먹지 그러니."

　"투망 좀 가져가도 될까요?"

　"되고말고."

　투망이 있을 리 없었다. 소년은 노인이 투망을 언제 팔
아 버렸는지도 기억하고 있었다. 그러나 노인과 소년은 이
런 연극을 매일같이 되풀이하고 있었다. 먹다 남은 생선

쌀죽도 있을 리 없었다. 이 또한 소년은 잘 알고 있었다.

"'85'라는 숫자는 행운의 숫자란 말이야."

노인이 말했다.

"내장을 빼고도 1,000파운드(약 450킬로그램:옮긴이) 넘게 나가는 녀석을 잡아 가지고 오는 걸 보고 싶지?"

"투망을 가지고 가서 정어리 좀 잡아 올게요. 그 동안 할아버지는 문간에서 볕이라도 쬐며 쉬고 계세요."

"오냐. 어제 신문이 있으니 나는 야구 기사나 읽으마."

어제 신문이라는 말 역시 사실이 아닐지도 몰랐다. 그러나 노인은 침대 밑에서 신문을 꺼내 가지고 왔다.

"식료품 가게에서 페리코*Perico*가 주더구나."

노인이 말했다.

"정어리를 잡아 가지고 돌아올게요. 할아버지 것과 제 것을 함께 얼음집에 맡겨 두었다가 아침에 나누기로 하죠. 돌아오거든 야구 얘기 좀 해 주세요."

"양키스 팀이 질 리가 없어."

"하지만 클리블랜드 인디언즈 팀도 만만치 않거든요."

"애야, 양키스를 믿으란 말이다. 위대한 디마지오*great DiMaggio*가 있잖니."

"저는 디트로이트 타이거즈 팀이랑 클리블랜드 인디언즈 팀이 겁나는데요."

"이런! 그러다간 신시내티 레즈나 시카고 화이트 삭스까지도 겁먹겠구나."

"잘 읽어 두셨다가 제가 돌아오거든 얘기해 주세요."

"끝자리 수가 '85'인 복권을 한 장 사 두면 어떻겠니? 내일이 바로 85일째 되는 날이니까 말이야."

"그것도 괜찮겠네요."

소년이 말했다.

"하지만…… 할아버지의 위대한 기록인 '87'은 어떨까요?"

"그런 일은 두 번 일어나는 법은 없단다. '85'번 복권을 살 수 있겠니?"

"주문하면 되죠."

"한 장만 사도록 하자꾸나. 2달러 50센트를 누구한테 빌리지?"

"그건 어렵지 않아요. 2달러 50센트 정도야 언제든 빌릴 수 있어요."

"나도 그 정도는 빌릴 수 있을 거야. 하지만 그러고 싶지가 않구나. 네가 한번 해 보거라. 잘 안 되거든 사정을 해."

"산티아고 할아버지, 몸을 따뜻하게 하셔야 해요."

소년이 말했다.

"벌써 9월이란 걸 잊지 마세요."

"큰 고기가 물릴 계절이로구나."

노인이 말했다.

"5월에야 누구든 어부 행세를 할 수 있지만……."

"그럼, 정어리 잡아 가지고 올게요."

소년이 말했다.

소년이 돌아왔을 때 노인은 의자에 앉은 채로 잠이 들어 있었다. 해는 이미 기울었다.

소년은 침대에서 낡은 군용 담요를 가져다가 의자 뒤쪽에서 감싸듯 노인의 어깨를 덮어 주었다. 비록 늙기는 했지만 아직도 힘이 느껴지는 어깨였다. 목에서도 힘이 느껴졌다. 고개를 숙인 채 잠들어 있어서 주름살도 별로 눈에 띄지 않았다.

노인의 셔츠는 돛처럼 여기저기 기운데다 햇볕에 바래서 여러 가지 색깔로 퇴색되어 있었다. 노인의 머리 역시 나이를 감출 수는 없었다. 눈을 감고 있는 얼굴에서도 생기를 찾아볼 수 없었다.

무릎 위에는 신문이 펼쳐져 있었다. 저녁의 미풍을 받아 펄럭이고 있었으나, 팔 무게 때문에 날아가지는 않았다. 발은 맨발이었다.

소년은 노인을 깨우지 않고 밖으로 나갔다. 소년이 되돌아왔을 때도 노인은 여전히 잠들어 있었다.

"산티아고 할아버지, 그만 주무세요."

이렇게 말하고서 소년은 노인의 한쪽 무릎에다 손을 갖다 얹었다. 그제야 노인은 눈을 떴다. 한 순간, 노인은 먼 꿈나라에서 돌아오는 듯한 표정을 지어 보였다. 이윽고 노인은 빙그레 웃었다.

"뭘 가지고 온 게냐?"

"저녁 식사예요."

소년이 대답했다.

"저녁을 드셔야죠."

"난 별로 시장하지 않은데."

"어서 잡수세요. 식사도 하시지 않고 고기를 잡을 수는 없잖아요."

"전에는 그러기도 했었는데 말이야."

노인은 일어서서 신문을 접고는 담요를 개기 시작했다.

"담요는 그냥 두르고 계세요."

소년이 말했다.

"제가 살아 있는 동안은 할아버지가 식사도 거르면서 고기잡이를 하시게 만들지는 않을 테니까요."

"그럼 네가 오래오래 살아야겠구나. 몸조심하려무나."

노인이 말했다.

"먹을 게 좀 있니?"

"검정콩밥하고, 그리고 바나나 프라이와 스튜가 조금 있어요."

소년은 테라스에서 노인의 식사를 양은 그릇에 담아 가지고 왔던 것이다. 소년의 주머니 속에는 냅킨으로 싼 나이프와 포크, 그리고 수저도 한 벌씩 들어 있었다.

"이걸 누가 준 게냐?"

"마틴 *Martin* 씨요, 주인 말이에요."

"고맙다는 인사를 해야겠구먼."

"제가 벌써 인사 드렸는걸요. 할아버지는 인사하실 필요 없어요."

"큰 고기를 잡으면 고기 뱃살을 줘야겠어, 그 사람한테……."

노인이 말했다.

"우리한테 여러 번 친절을 베풀었잖니?"

"그러세요."

"아무래도…… 고기 뱃살로는 부족해. 그보다 훨씬 좋은 걸 줘야겠어. 그 사람은 우리한테는 정말로 친절한 사람이거든."

"맥주도 두 병 주셨어요."

"나는 캔 맥주를 제일 좋아하지."

"저도 알고 있어요. 하지만 이건 해티 맥주 *Hatuey beer* 예요. 병에 든 거죠. 빈 병은 돌려주어야 하고 말예요."

"어쨌든 고맙구나."

노인이 말했다.

"그럼, 저녁을 먹어 볼까?"

"아까부터 드시라고 말씀 드렸잖았어요."

소년이 다정스럽게 노인에게 말했다.

"할아버지가 식사하실 때까지는 그릇을 열고 싶지 않았어요."

"이제 준비됐다."

노인이 말했다.

"손을 좀 씻으려 했을 뿐이야."

손을 씻기는 어디서 씻어? 하고 소년은 생각했다. 이 마을의 급수 시설은 여기서 두 구획은 내려가야 했다.

물을 가져와야 했을 것을, 하고 소년은 생각했다.

비누하고 쓸 만한 수건도 가져와야겠는걸.

왜 이렇게 생각이 모자랄까? 하고 소년은 생각했다.

할아버지를 위해 셔츠도 하나 더 장만하고, 겨울이 오기 전에 재킷이랑 신발이랑 또 담요도 한 장 더 준비해 와야겠구나, 하고 소년은 생각했다.

"스튜가 정말 맛있구나."

노인이 말했다.

"야구 얘기 좀 해 주세요."

소년이 말했다.

"아메리칸 리그에서는 역시 내가 말한 대로 양키스 팀이 제일이야."

노인이 만족스러운 듯 대답했다.

"양키스 팀은 오늘 졌는걸요."

"그 정도 가지고 뭘 그러니. 위대한 디마지오가 다시 실력 발휘를 해 줄 거야."

"양키스 팀에는 다른 선수들도 있잖아요."

"그거야 그렇지만…… 디마지오가 있으면 달라지거든. 다른 리그에서라면, 브루클린과 필라델피아 두 팀 중에서라면 역시 브루클린이지. 그렇지만 딕 시슬러*Dick Sisler* 생각이 나는 건 어쩔 수 없구나. 정든 구장에서 그가 날린 멋진 타격을 잊을 수는 없거든."

"그런 타격은 좀처럼 없었죠. 제가 본 것 중에서는 가장 큰 타구였어요."

"그가 늘 테라스에 나타나곤 했던 일 생각나니? 그 친구를 고기잡이에 꼭 데려가고 싶었지만, 나는 소심한 사람이라 부탁조차 하지 못했었지. 그래서 네게 부탁을 해서 그 친구와 고기잡이를 나가 보려고 했는데 너 역시 부탁을 못 하더구나."

"그랬었죠. 제가 큰 실수를 하고 말았어요. 그때 부탁을 했었더라면 그와 함께 낚시를 할 수 있었을 텐데 말예요. 일생일대의 자랑거리가 생겼을 텐데……."

"이제는 위대한 디마지오와 고기잡이를 갔으면 하고 바

라고 있단다."

노인이 말했다.

"그의 아버지는 어부였다더구나. 그도 우리처럼 가난했을 테니 아마 우리를 잘 이해해 줄 거야."

"위대한 시슬러*great Sisler*의 아버지는 가난하지 않았대요. 위대한 시슬러는 제 나이 때는 벌써 빅 리그에서 뛰고 있었다던데요."

"내가 네 나이였을 때는 아프리카를 항해하는, 횡범(사각형태의 돛으로 원양어업에 적합하다:옮긴이)을 단 배의 하급 선원으로 있었단다. 해 질 무렵이면 해안을 어슬렁거리는 사자를 보기도 했지."

"알고 있어요. 언젠가 제게 얘기해 주신 적이 있어요."

"아프리카 이야기를 할까, 아니면 야구 이야기를 할까?"

"야구 이야기가 좋겠어요."

소년이 말했다.

"존 J. 맥그로*John J. McGraw* 이야기를 해 주세요."

소년은 호타*Jota*를 'J'로 약해서 발음했다.

"그 친구도 옛날에는 테라스에 가끔 나타났었단다. 하지만 그는 술만 마셨다 하면 입이 험악해지고 다루기가 무

척 힘든 사람이었지. 야구만큼이나 경마에도 관심이 있었
지. 하여간 늘 그의 주머니 속에는 말 일람표가 들어 있었
거든. 뻔질나게 전화통을 붙들고서 말 이름을 외쳐대곤 했
단다."

"그 사람은 훌륭한 감독이라던데요."

소년이 말했다.

"우리 아버지는 그가 제일가는 감독이라고 하셨어요."

"그야 그가 이곳에 곧잘 나타나곤 했으니까……"

노인이 말했다.

"……만일 듀로처Durocher가 매년 이곳에 나타났더라면
네 아버지는 그가 가장 훌륭한 감독이라고 말했을 게다."

"그러면 누가 가장 훌륭한 감독이에요? 류크 Luque예요,
마이크 곤잘레스 Mike Gonzalez예요?"

"둘 다 비슷비슷할 게다."

"그리고…… 가장 훌륭한 어부는 할아버지고요."

"아니다. 나는 나보다 더 훌륭한 어부를 알고 있다."

"천만에요! 그렇지 않아요."

소년이 말했다.

"솜씨 좋은 어부도 있고 훌륭한 어부도 더러 있기는 있

어요. 하지만 할아버지가 세상에서 제일가는 어부예요."

"고맙구나. 네 말을 들으니 한결 기쁘구나. 너무 큰 고기가 나타나서 우리 생각이 틀렸다는 걸 증명해 주지 않았으면 좋겠다만……."

"그런 고기가 나올라고요? 게다가 할아버지는 여전히 힘이 센걸요."

"아니다. 네 생각만큼 힘이 세지 않을지도 모른단다."

노인이 말했다.

"하지만 내게는 여러 가지 방법이 있지. 게다가 배짱도 있고 말이야."

"그럼, 이제 그만 주무시도록 하세요. 그래야 내일 아침 기운이 나실 것 아니에요. 저는 빈 그릇을 테라스에 갖다 주도록 할게요."

"그럼, 너도 잘 자거라. 내일 아침에 깨우러 가마."

"할아버지는 제게 자명종이나 다름없어요."

소년이 말했다.

"그리고 내겐 나이가 바로 자명종이지."

노인이 말했다.

"늙은이들은 왜 그렇게 일찍 잠을 깨는지 모르겠구나.

좀 더 긴 하루를 갖고 싶어서 그런 걸까?"

"저는 모르겠어요."

소년이 말했다.

"단지 제가 아는 거라곤 젊은 사람들은 늦도록 곤하게 잠을 잔다는 것뿐이에요."

"나도 젊었을 땐 그랬던 것 같구나."

노인이 말했다.

"염려 마라, 제 시간에 깨워 줄 테니."

"주인이 깨우러 오는 건 정말이지 질색이에요. 왠지 제가 그보다 못난 사람처럼 느껴져서 말예요."

"알았다."

"그럼, 안녕히 주무세요, 산티아고 할아버지!"

그렇게 말하고 소년은 밖으로 나갔다.

테이블 위에 등불도 켜지 않은 채 그들은 식사를 마쳤던 것이다. 노인은 어둠 속에서 바지를 벗고 침대로 갔다. 그리고는 바짓가랑이에 신문을 말아서 넣고 그것으로 베개를 대신했다. 담요로 몸을 둘둘 감은 채 노인은 침대 스프링을 덮고 있는 신문지 위에서 잠이 들었다.

노인은 금세 잠이 들었고 꿈을 꾸었다. 역시나 아프리카 꿈이었다. 꿈속에서 노인은 아직 소년이었다. 금빛으로 물든 해변을 따라 눈부시도록 하얀 해안선이 이어졌다. 그리고 높은 갑岬과 거대하게 치솟은 갈색의 산봉우리들이 선명했다.

요즘 들어 노인은 밤마다 이 해안을 헤매고 다녔다. 기슭에 부딪치는 파도 소리가 들렸다. 파도를 헤치며 노를 저어 오는 원주민들의 배도 보였다. 갑판의 타르 냄새와 뱃밥(배에 물이 새어 들지 못하도록 틈을 메우기 위해 낡은 밧줄을 푼 섬유 덩어리로, 다량의 타르가 스며들어 있다:옮긴이) 냄새도 맡을 수 있었다. 그리고 아침이면 육지에서 불어오는 미풍에 아프리카 대륙의 냄새를 맡곤 했다.

보통 때 같으면, 노인은 육지에서 불어오는 미풍에 섞인 냄새를 맡으며 눈을 뜨고는 옷을 입고 소년을 깨우러 갔다. 그러나 오늘 밤은 미풍의 냄새가 너무 빨랐다. 미풍의 냄새가 너무 빨랐다고 생각하면서도 그는 여전히 꿈을 꾸었다.

섬의 흰 봉우리들이 바다 위에 솟아 있는 광경을 그는 바라다보았다. 그리고 카나리아 군도*Canary Islands*의 여러 항구라든가 정박소들이 하나둘 꿈속에 나타나기 시작했다. 더 이상 그의 꿈속에서는 폭풍우도, 여자도, 커다란 사건도 나타나지 않았다. 큰 고기도, 싸움도, 힘을 겨루는 그어떤 시합도, 그리고 죽은 아내도 나타나지 않았다.

그가 꿈꾸었던 것은 다만 이곳저곳의 여러 가지 풍경과 해안을 어슬렁거리는 사자 꿈이었다. 금빛으로 물든 해변에서 사자들은 마치 고양이 새끼나 되는 듯 놀고 있었다. 소년을 사랑하듯 그는 사자들을 사랑했다. 그러나 소년이 꿈에 나타난 적은 단 한 번도 없었다.

노인은 문득 눈을 떴다. 열린 창 너머로 달을 바라보며 노인은 바지를 펴서 입었다.

집 밖에서 노인은 소변을 보고는 소년을 깨우러 비탈길을 걸어 올라갔다. 새벽 추위에 노인은 몸을 떨었다. 그러나 이렇게 몸을 떨고 있노라면 차츰 몸이 따뜻해져 온다는 걸 잘 알고 있었다. 그리고 곧 바다 위에서 노를 젓게 되리란 것도 알고 있었다.

소년이 살고 있는 집은 언제고 문이 잠겨 있지 않았다. 그래서 노인은 가만히 문을 열고는 맨발로 조용히 들어갔다.

소년은 첫 번째 방 침대에서 잠을 자고 있었다. 저물어 가는 달빛 속에서 노인은 잠들어 있는 소년의 모습을 똑똑히 볼 수 있었다. 노인은 소년의 한쪽 발을 살며시 붙잡았다. 소년이 잠에서 깨어나 자기를 바라볼 때까지 기다렸던 것이다. 노인이 고개를 끄덕이자 소년은 침대 옆 의자에서 바지를 집어 들고는 침대에 앉은 채로 입었다.

노인이 문 밖으로 나가자 소년도 노인의 뒤를 따랐다. 졸음이 채 가시지 않은 얼굴이었다. 감싸듯 소년의 어깨 위에 팔을 얹으며 노인이 말했다.

"미안하구나."

"천만에요. 어른이라면 그 정도 일은 해 주시는 거예요."

그들은 노인이 사는 오두막집으로 내려갔다. 어둠이 채 가시지 않은 길 위로 맨발의 어부들이 돛대를 하나씩 어깨에 메고 가는 게 보였다.

노인의 오두막집에 다다르자 소년은 낚싯줄이 들어 있는 나무 상자와 갈고릿대와 작살을 들고, 노인은 돛을 감아 놓은 돛대를 어깨에 메었다.

"커피 좀 드시겠어요?"

소년이 물었다.

"어구를 배에다 옮기고서 마시자꾸나."

이른 아침, 어부들이 모여 해장하는 곳으로 가서 그들은 연유통에다 커피를 마셨다.

"어젯밤에는 편히 주무셨어요."

소년이 물었다. 졸음이 완전히 가신 얼굴은 아니었지만, 서서히 잠에서 깨어나고 있었다.

"잘 잤다, 마놀린*Manolin*!"

노인이 말했다.

"오늘은 자신 있다!"

"저도 그래요."

소년이 말했다.

"그럼, 정어리랑 미끼를 가져오도록 할게요. 할아버지 것과 제 것으로 맡겨 놓은 거니까요. 우리 주인은 늘 어구를 직접 운반하죠. 누구한테고 맡기는 법이 없어요."

"우리는 그렇지 않지."

노인이 말했다.

"나는 네가 다섯 살 때부터 어구를 운반하도록 해 왔으니까."

"잘 알고 있어요."

소년이 말했다.

"곧 돌아올게요. 할아버지는 커피를 한 잔 더 들고 계세요. 여기는 외상이 통하니까요."

소년은 맨발로 산호 *coral* 바위 위를 걸어서 정어리를 맡겨 둔 얼음집으로 갔다.

노인은 천천히 커피를 마셨다. 이것이 오늘 하루 그의 양식이었다. 그래서 마셔 두어야만 한다는 걸 그는 잘 알고 있었다. 그는 이미 오래전부터 먹는 것이 귀찮아져서 점심을 가지고 나가지도 않았다. 고깃배의 뱃머리에는 물병이 있었다. 그것만 있으면 하루를 충분히 견딜 수가 있었다.

신문지에 싼 미끼 두 개와 정어리를 들고서 소년이 되돌아왔다. 그들은 고깃배가 있는 둑을 향해 오솔길을 걸어갔다. 발밑으로 자갈 섞인 모래를 느끼면서. 그리고 그 배를 밀어 물 위에 띄웠다.

"행운을 빌어요."

"행운을 빈다."

노인이 대답했다.

노받이 말뚝에다 노가 흘러내리지 않도록 밧줄을 동여

매고는 놋날을 철썩 담그며 몸을 구부려서는 어둠 속 항구 밖으로 배를 저어 나갔다.

다른 배들도 바깥 바다를 향해서 저어 가고 있었다. 달이 산 너머로 져 버렸기 때문에 배들의 모습을 볼 수는 없었으나 노를 저을 때마다 일어나는 물소리를 노인은 똑똑히 들을 수 있었다. 이따금 어느 배에선가 어부들의 말소리가 들려왔다. 그러나 대개의 배들은 침묵을 지키고 있었다. 노를 젓는 물소리만이 들려올 뿐이었다.

이윽고 배들이 항구 밖으로 나가자 뿔뿔이 흩어지기 시작했다. 저마다 고기 떼를 만날 만한 곳을 향해 방향을 잡아 나갔다. 노인은 오늘, 나갈 수 있는 한 멀리 가 볼 생각이었다.

육지의 냄새를 뒤로 한 채 노인은 싱그러운 새벽 바다 냄새 가득한 대양 한가운데로 노를 저어 나가기 시작했다.

어부들이 '큰 우물'*great well*이라 부르는 곳까지 저어 왔을 때 노인은 문득 물속에서 해초*Sargasso*가 인광燐光을 발하고 있는 걸 발견했다.

이곳은 바닷물의 깊이가 별안간 700길*fathom*(약 1,300미터, fathom은 두 팔을 좌우로 벌렸을 때 한쪽 손끝에서 다른 손끝까지의 길이에서 비롯되었다. 한국에서는 '길'이라고 한다:옮긴이)로 깊어지기 때문에 이렇게 부르고 있으며, 조류가 해저의 가파른 경사면에 부딪쳐서 생기는 소용돌이 때문에 온갖 고기들이 모여들었다. 작은 새우와 미끼로 쓰는 잡어 떼가 모여 있는가 하면, 이따금 가장 깊은 구멍에서는 오징어 떼도 발견할 수 있었다. 이것들은 밤이 되면 해면까지 떠올라 큰 물고기들이 잡아먹곤 한다.

어둠 속에서도 아침이 다가오는 것을 노인은 느낄 수 있었다. 노를 저으면서도 날치 *flying fish*가 해면에서 뛰어오를 때 일으키는 부르르 떨리는 소리라든가, 그 빳빳이 세운 날개가 밤하늘을 날고 있을 때 쉿쉿 하는 소리를 들을 수 있었다.

바다에서는 가장 절친한 친구들이었기 때문에 노인은 날치를 무척 좋아했다. 그러나 새들만큼은 가엾게 여겨졌다. 항상 날아다니며 먹이를 찾고는 있지만 거의 찾아내지 못하는 걸 볼 때마다 가엾은 생각이 들었다.

새들은 우리들보다 더 어려운 생활을 하고 있군. 도둑새 *robber bird*라든가 힘센 놈들을 빼놓고라도 말이야. 한데 어째서 연약하고 예쁜 새를 만들어 냈을까. 이토록 잔인한 바다 위에 말이야. 바다는 다정스럽고 아름답긴 하지만, 별안간 잔인해지거든. 그런데도 저 새들은 가냘프고 구슬픈 소리로 울며 수면에다 주둥이를 처박곤 하지. 먹이를 찾으려고 말이야. 아무튼 너무도 연약해 보여.

바다를 생각할 적마다 노인은 언제나 '라 마르'*la mar*(*la*는 여성 관사:옮긴이)라는 말을 떠올리곤 했다. 이것은 사람들이 애정을 가지고 바다를 부를 때 사용하는 스페인 말이다.

바다를 사랑하는 사람들도 때로는 바다를 욕할 때가 있다. 그런 경우에도 바다는 여성이라는 느낌이 그들의 말투에서 사라진 일은 없었다. 젊은 어부들 가운데 낚싯줄을 뜨게 하려고 찌를 사용한다든지, 상어의 간으로 돈을 벌어 모터 보트를 사들인 작자들은 '엘 마르'*el mar*(*el*은 남성 관사:옮긴이)라고 불렀다. 그들에게 바다란 투쟁의 상대요, 작업장인 동시에 적이 되곤 했다.

그러나 노인은 변함없이 바다를 여성으로 생각했다. 바다는 큰 은혜를 주기도 하고 모든 걸 간직하고 있으므로. 비록 사나워지다 못해 재앙을 가져온다 해도 그것은 바다로서도 어쩔 수 없는 일이라고 생각했다. 달이 여인에게 영향을 미치고 있는 것처럼 바다에도 영향을 미치고 있는 것이려니, 하고 노인은 생각했다.

쉬지 않고 노인은 노를 저어 나갔다. 힘이 미치는 범위 안에서 노를 저어 가는 동안은 별로 큰 힘이 들지 않았다. 이따금 조류가 만들어 놓은 소용돌이를 제외한다면 바다는 더없이 잔잔했다. 노인은 힘의 삼 분의 일을 조류에 떠맡기고 있었다.

차츰 날이 밝아 올 무렵, 노인은 이 시간에 나와 있으리라 예상했던 것보다 훨씬 더 멀리 나와 있었다.

일주일 동안이나 큰 우물을 찾았지만 허사였었지. 오늘은 날개다랑어*albacore*나 다랑어*tuna* 떼가 몰리는 곳에 그물을 내려 봐야지. 어쩌면 그 옆에 큰 놈이 있을지도 모르니까 말이야.

날이 밝기도 전에 노인은 벌써 큰 고기를 낚기 위한 미끼마저 드리웠고, 배는 조류가 흐르는 대로 떠가도록 내버려두었다. 첫 번째 미끼는 40길(약 70미터:옮긴이) 되는 곳에 내렸다. 두 번째 것은 75길(약 130미터:옮긴이) 되는 곳에, 그리고 세 번째는 100길(약 180미터:옮긴이), 네 번째는 125길(약 230미터:옮긴이)이나 되는 푸른 물속으로 내렸다.

노인은 하나같이 머리를 아래쪽으로 한 채 매달린 미끼

가 떨어지지 않도록 낚싯바늘의 중심부에다 꿰매듯 단단히 붙여 놓았다. 바늘의 구부러진 부분과 끝부분도 싱싱한 정어리로 덮여 있었다. 바늘로 두 눈을 꿰뚫어 놓은 정어리는 강철 막대기에 꿰어진 반원형의 화환 같아 보였다. 큰 고기가 접근해 오도록 먹음직스러운 냄새와 맛을 풍기지 않는 부분은 한 군데도 없었다.

소년에게서 건네받은 싱싱한 다랑어 미끼는 가장 깊이 드리운 두 개의 낚싯줄에 추처럼 매달아 놓았고, 또 다른 줄에는 전에 쓰던 전갱이와 노란빛이 나는 연어를 매달아 놓았다. 한 번 썼던 것이지만 아직 쓸만했고, 다만 냄새를 풍겨서 유혹하기 위해 싱싱한 고등어와 함께 물속에 매달아 놓은 것이었다.

낚싯줄은 큰 연필만큼 굵었으며, 초록빛 칠을 한 막대기를 매달아 놓았기 때문에 고기가 미끼를 물기만 하면 막대기는 물속으로 들어가게 되어 있었다. 그리고 낚싯줄마다 40길짜리 밧줄이 달려 있었으며, 그것이 또 다른 여분의 밧줄과 연결되도록 마련해 두었기 때문에 필요하다면 고기가 낚싯줄을 300길(약 550미터:옮긴이)이 넘도록 끌고 다닐 수 있었다.

노인은 뱃전 너머로 나가 있는 세 개의 막대기를 유심히 지켜보았다. 그러면서 적당한 수심을 유지하며 낚싯줄이 팽팽해지도록 가만히 노를 저었다. 이제 날이 제법 밝아져서 금세라도 태양이 떠오를 것만 같았다.

　바다 위로 햇살이 비치기 시작하자 노인은 다른 배들을 볼 수 있었다. 수면을 기어가듯 나직이 떠 있는 배들은 해안을 배경으로 한 채 조류를 가로지르며 한가로이 흩어져 있었다. 태양은 서서히 빛을 더해 갔다. 바다 위에 섬광을 쏟아 놓는가 싶더니 어느새 완전히 떠올랐다.

　잔잔한 바다가 섬광을 되쏘느라 노인은 눈이 부시다 못해 아팠다. 섬광을 피하듯 고개를 돌린 채로 노를 저으며 물속을 들여다보았다. 어두운 물속에 드리워져 있는 낚싯줄을 유심히 지켜보았다.

　노인은 누구보다도 낚싯줄을 똑바로 내려 유지할 자신이 있었다. 그래서 어두운 해류 속에서도 정확하게 원하는 수심에다 미끼를 놓고, 그곳을 지나가는 고기를 잡을 수가 있었다. 대개의 어부들은 미끼를 드리운 채 조류의 흐름에 맡겨 버리기 때문에 100길은 되리라 생각했지만 사실은 60길(약 110미터:옮긴이) 정도밖에 되지 않는 곳에서 미끼가 떠돌아다니게 하기 일쑤였다.

　나는 틀림없다고. 단지 내게 운이 없다는 것뿐이지. 하지만 운이란 걸 대체 누가 알 수 있단 말인가. 운이란 오늘 닥쳐올지도 모르는 것이며, 아무튼 매일매일이 새로운 날 아닌가 말이야. 운이 따른다면야 좋기는 하지만, 나는 정확하게 할 뿐이야. 운만 따라 준다면 준비를 다하고 기다리는 셈이니까 말이야.

　태양이 떠오른 지 두 시간이 지났다. 이제는 동쪽을 바라다보아도 별로 눈이 아프지 않았다. 시야엔 배가 세 척밖에 보이지 않았다. 해안 가까운 곳에 나지막이 머물러 있었다. 지금껏 이른 아침의 태양이 눈을 상하게 해 왔다고 노인은 생각했다.

　하지만 내 눈은 아직 끄떡없다고. 저녁때는 해를 똑바로 바라보아도 아무렇지 않으니까. 저녁에는 그 빛이 지금보다 더 눈부신데도 말이야. 그렇지만 아침엔 눈이 아파서 쳐다볼 수가 없어.

　바로 그때 군함새*man-of-war bird* 한 마리가 검고 긴 날개를 펴고서 창공을 맴도는 걸 발견했다. 그 새는 노인의 눈앞에서 날개 깃을 한껏 치켜들더니 급강하해서는 수면 아슬아슬한 곳까지 내려갔다가 다시 맴을 도는 것처럼 하늘로 솟구쳐 올랐다.

"저 녀석, 뭘 본 게로군."

노인이 큰 소리로 외쳤다.

"그냥 먹이를 찾고 있는 것만은 아니야."

새가 맴돌고 있는 곳까지 노인은 천천히 노를 저어 나갔다. 팽팽한 낚싯줄이 수심을 유지하도록 조금도 서두르지 않았다. 틀림없이 고기를 낚아 올릴 수 있을 거라 생각했기 때문에 조류를 헤치며 약간씩 속도를 더했다. 새가 노리는 곳이라면 고기를 낚아 올릴 수 있을 것이었다.

새는 다시금 창공을 향해 솟아올랐다가는 날개를 움직이지 않고 맴돌기 시작했다. 그러다가 돌연 급강하해서 수면 가까이로 내려왔다. 순간, 날치가 물속에서 뛰어올라 수면 위를 필사적으로 날아가는 걸 노인은 똑똑히 보았다.

"돌고래 *Dolphin*다!"

노인이 큰 소리로 외쳤다.

"큰 놈일 거야."

노인은 마침내 노질을 멈추었다. 그리고는 재빨리 뱃머

리 밑창에서 작은 낚싯줄을 꺼냈다. 그 줄에는 철사로 된 낚시걸이와 중간 크기의 낚시가 달려 있었다. 거기다가 얼른 정어리 한 마리를 미끼로 꿰어 달았다. 뱃전 너머로 낚싯줄을 던지고 나서 노인은 고물 쪽 고리에다 낚싯줄을 단단히 동여맸다. 그런 다음 또 한 개의 낚싯줄에다 미끼를 꿰어서는 뱃머리 쪽 구석에 놔두었다.

노인은 천천히 노를 젓기 시작했다. 그러면서 검고 긴 날개를 가진 새가 수면 가까이 날고 있는 것을 지켜보았다. 날개라도 달린 듯 해면 위를 나는 날치 떼를 쫓으면서 초조한 듯이 사납게 날개를 파닥거리는 새를 노인은 유심히 지켜보았다.

그 순간, 해면이 부풀어 오르는 것을 노인은 놓치지 않았다. 도망치는 날치 떼를 쫓아 돌고래 무리가 해면 가까이 올라왔던 것이다. 돌고래 무리는 날치 떼의 아래쪽에서 전속력으로 물을 가르며 돌진하고 있었다. 날치들이 도망치다 지쳐서 해면에 떨어지는 날에는 끝장인 것이다.

아주 굉장한 돌고래 떼로군, 하고 노인은 생각했다. 사방에 흩어져 있는 돌고래 무리 때문에 날치들로서는 도망갈 길이 없었다. 새도 역시 먹이를 차지할 가망은 없어 보였다. 날치들은 너무 큰 먹이인데다 무척이나 빨랐다. 날치 떼가 뛰어오를 때마다 검고 긴 날개를 가진 새는 헛수고를 거듭했다.

돌고래 떼가 낚시에 걸리지 않았구나, 하고 노인은 생각했다.

재빠른 놈들이야. 게다가 녀석들은 너무 멀리 달아나고 있어. 하지만 무리에서 떨어져 나온 한 마리 정도는 낚을 수도 있겠지. 게다가 내가 노리고 있는 큰 고기가 녀석들 근처에 있을지도 모르니까. 틀림없이 녀석들 근처 어딘가에 있을 거라고.

육지 쪽을 바라다보니 구름이 뭉게뭉게 피어오르고 있었다. 해안은 한 줄기 푸른 선 같아 보였고, 그 뒤로 엷고 푸른 산들이 늘어서 있었다. 물빛은 푸르다 못해 거의 보랏빛을 띠었다. 노인은 낚싯줄을 드리운 물속을 유심히 들여다보았다. 어두운 물 밑에는 체로 쳐낸 듯한 붉은빛의 부유 생물*plankton*들이 조류를 따라 몰려다니고 있었는데, 태양빛을 받아 이상야릇한 광채로 어른거렸다.

노인은 낚싯줄을 물속으로 똑바로 드리우고는 그 끝이 사라진 부근을 눈여겨보았다. 그리고는 곧 만족스러워했다. 부유 생물이 많은 곳엔 으레 고기들이 있게 마련이었다. 태양이 이렇게 높이 떠올랐는데도 물속에서 이상야릇한 광채가 어른대는 건 날씨가 좋을 징조였다. 육지의 구름 형태로도 그것을 알 수 있었다.

그러나 새의 모습도 더는 보이지 않았고 바다 한가운데서 보이는 거라곤 아무것도 없었다. 눈에 띄는 거라고는 햇살을 받아 노랗게 바래 버린 해초와 고깃배 옆에서 보랏빛으로 반짝이는 고깔해파리의 아교질 부레 *gelatinous bladder*들뿐이었다. 그것들은 모로 누웠는가 싶으면 곧추서곤 하면서 물거품과 엉킨 채 한가로이 떠돌아다니는 중이었다. 가느다란 줄기 모양의 섬유상 세포 *purple filaments*를 물속으로 1야드(91.44센티미터: 옮긴이) 가량이나 늘어뜨린 채.

"아구아 마라 *Agua mala*!" (스페인어로 독수毒水를 뜻한다: 옮긴이)

노인이 혼자서 중얼거렸다.

"갈보년 같으니라고."

노를 움직여 고깃배를 돌려놓고서 노인은 또다시 물속을 들여다보았다. 길게 늘어뜨려진 섬유상 세포와 같은 빛깔의 작은 물고기들이 물거품 아래 생긴 그늘 밑과 줄기 사이를 떼 지어 돌아다니고 있었다.

이 녀석들은 그것의 독에는 면역이 되어 있는 것 같았다. 그러나 사람은 그렇지가 못하다. 보랏빛의 끈쩍끈쩍하고 가느다란 섬유상 세포 줄기가 낚싯줄에 엉겨붙는 날엔 그것을 만진 손이나 팔에는 물집 같은 상처가 생기고 만다. 그것은 마치 옻나무의 독과 비슷한 작용을 한다. 게다가 이 독은 더 빨리 번져 나가 채찍 자국과도 같은 상처를 남겼다.

그렇지만 무지갯빛 물거품만은 아름다웠다. 그러나 이것은 바다에서도 가장 허황하기 짝이 없는 것이어서 커다란 바다거북 *big Sea turtle*이 그것을 꿀꺽꿀꺽 삼켜 버리는 걸 보며 노인은 즐거워했다.

바다거북들은 정면으로 다가와서는 눈을 딱 감은 채로 등껍질 속에다 몸을 완전히 숨기고서 섬유상 세포를 모조리 먹어 치우곤 했다. 바다거북이 그것을 먹어 치우는 모습 또한 노인은 보기 좋았다. 뿐만 아니라 폭풍이 지나간 다음 해안까지 밀려온 그것들을 뿔처럼 딱딱하게 굳어 버린 발뒤꿈치로 밟아서 펑펑 터뜨릴 때 나는 소리를 들으며 걷는 걸 즐겼다.

노인은 바다거북 *green turtle*이나 대모 *hawksbill sea turtle*

(독수리 부리 모양의 주둥이와 뿔 모양의 등딱지를 가진 열대산 작은 거북: 옮긴이)를 좋아했다. 우아하고 빠르며 값이 나가기 때문이었다. 그러나 터무니없이 크기만 하고 우둔한 것에 있어서 만큼은 친구 사이의 우정과 함께 경멸감도 느끼고 있었다. 볼품없는 누런 등딱지에다 암컷과 사랑을 할 때도 바보스럽게 달려들었다. 게다가 아주 만족스러운 듯이 눈을 딱 감은 채로 고깔해파리를 꿀꺽꿀꺽 삼켜 버리는 녀석들이니까.

거북잡이 배 *turtle boat*를 타고 몇 번이나 바다로 나간 적이 있지만, 노인은 지금껏 바다거북에 대해 아무런 신비감도 갖고 있지 않았다. 오히려 가엾다는 생각이 들었다. 노인이 타고 있는 고깃배 크기만한데다 무게도 1톤 가량이나 되는 거대한 녀석도 있었다. 그러나 그런 녀석에 대해서조차 동정을 느낄 뿐이었다. 왜냐하면 바다거북의 심장은 완전히 제거되어 버린 후에도 몇 시간이나 고동을 치기 때문이었다. 하지만 다른 어부들은 바다거북 따위를 동정하는 법이 결코 없었다.

내 심장도 이것과 비슷한 것이려니, 하고 노인은 생각했다. 손과 발 역시 바다거북의 것과 조금도 다를 게 없다고 그는 생각했다.

노인은 기운을 북돋기 위해서 바다거북의 흰 알을 먹었
다. 9월과 10월의 큰 수확을 위해 5월 한 달 동안을 매일처
럼. 거기다가 어부들이 어구를 맡겨 두는 판잣집의 커다란
드럼통에 들어 있는 상어의 간유肝油를 매일같이 한 잔씩
마셨다. 원하는 사람은 누구나 먹을 수 있도록 그곳에 놓
아둔 것이었다.

대부분의 어부들은 그 맛이 싫어서 먹지를 않았다. 싫은
것이라고는 해도 매일 아침 일찍 일어나야만 하는 어부들
의 고통보다는 덜했다. 상어의 간유는 감기에 좋은 약인데
다 눈에도 좋았으니까.

노인은 눈을 들어 다시금 새가 맴도는 것을 바라보았다.

"저 녀석, 고기를 찾았구나."

노인이 큰 소리로 외쳤다. 해면을 박차고 날아오르는 날
치도 보이지 않았고, 미끼가 되는 고기 떼 역시 보이지 않
았다. 그러나 좀더 지켜보자 작은 다랑어 한 마리가 수면
위로 뛰어올랐다.

햇빛을 받은 다랑어 비늘이 은색으로 빛나는가 싶더니
녀석은 머리를 거꾸로 처박으며 물속으로 떨어졌다. 녀석

이 사라지자 다른 놈들이 잇달아 뛰어올랐다가는 물속으로 곤두박질치듯 떨어지면서 사방의 물을 휘저으며 고기 떼를 따라 길게 뛰곤 했다. 녀석들이 고기 떼 주변을 맴돌면서 뒤쫓고 있는 것이었다.

녀석들이 저렇게 빨리 달리지만 않는다면 따라갈 수 있을 텐데, 하고 생각하며 노인은 고깃배 주변에서 하얗게 물거품을 일으키고 있는 다랑어 떼와 겁이 나서 할 수 없이 수면 위로 떠오르는 고기 떼를 향해 새 한 마리가 수도 없이 첨벙첨벙 주둥이를 물속에다 처박는 광경을 지켜보았다.

"새란 녀석은 큰 도움이 된단 말이야."

노인이 말했다. 바로 그때, 한 바퀴 감아서 발로 누르고 있던 고물의 낚싯줄이 팽팽하게 당겨지는 걸 느낄 수 있었다. 노질을 멈춘 노인은 재빨리 낚싯줄을 잡아서는 힘껏 끌어당기면서 작은 다랑어가 온몸을 부르르 떨며 줄에 매달려 있는 무게를 느꼈다. 낚싯줄을 잡아당길 때마다 진동은 더욱 커졌다. 마침내 물속으로 녀석의 푸른 잔등과 금빛으로 빛나는 배가 보였다. 낚싯줄을 힘껏 잡아당기자 녀석은 뱃전을 넘어 배 안으로 날아들었다.

이제 녀석은 고물 쪽 바닥에서 햇볕을 받으며 누워 있었다. 단단하고 총알처럼 생긴 모양에다 어리석은 눈은 활짝 열린 채 무엇을 바라보고 있는지 초점이 없었다. 민첩하고 잘생긴 꼬리를 파닥이면서 고물 쪽 바닥을 마구 두들기며 스스로 명을 재촉하고 있었다. 노인은 친절한 생각에서 그놈의 대가리를 두들기고는 아직 떨고 있는 놈을 구석으로 차 넣었다.

"날개다랑어*albacore*로군."

노인이 큰 소리로 말했다.

"네놈은 훌륭한 미끼가 되겠는걸. 족히 10파운드(약 4.5킬로그램:옮긴이)는 나가겠어."

노인은 자신이 대체 언제부터 이렇게 큰 소리로 혼잣말을 하기 시작했는지 알 수가 없었다. 옛날에는 혼자 있을 때면 자주 노래를 부르곤 했다. 스매크*smack*(물고기를 산 채로 넣어 두는 통발을 갖춘 어선:옮긴이)나 거북잡이 배 *turtle boat*를 탔을 때 당번이 돌아와서 밤중에 혼자 키를 잡게 되면 간혹 노래를 부르곤 했었다.

큰 소리로 혼잣말을 하기 시작한 게 소년이 배를 떠난 후인 것도 같다고 노인은 생각했다. 그러나 그것도 확실한 건 아니었다. 소년과 고기잡이를 할 때면 대개는 필요한 경우에만 얘기를 하곤 했었다. 그들이 서로 이야기를 주고받은 때는 주로 밤이었으며 대개는 날씨가 나빠서 고기잡이를 나갈 수 없는 경우였다.

바다에서는 쓸데없는 말을 지껄이지 않는 것이 미덕이었으며 노인도 그렇게 생각하고 있어서 그대로 지켜왔던 것이다. 그런데 지금은 귀찮게 생각할 사람도 없을 뿐더러 자신이 생각한 것을 큰 소리로 몇 번이나 지껄여대는 것이었다.

"만일 다른 사람이 내가 이렇게 혼자서 지껄여대는 걸 들으면 미쳤다고 생각하겠지."

노인은 여전히 큰 소리로 중얼거렸다.

"그러나 나는 미치지 않았으니까 괜찮아. 그런데 돈 있는 사람들은 라디오를 가지고 와서는 시끄럽게 틀어대잖는가 말이야. 야구 중계도 듣고 말이야."

아니야, 지금은 야구 생각을 할 때가 아니야, 하고 노인은 생각했다.

지금은 꼭 한 가지 일만을 생각할 때야. 그것을 위해서 내가 한평생을 살아오지 않았는가 말이야. 저 다랑어 떼

주변에 큰 고기가 있을지도 몰라. 나는 다만 먹이에 정신이 팔린 나머지 무리에서 떨어져 나온 녀석을 한 마리 낚아 올렸을 따름이라고. 다른 녀석들은 멀리서 빠르게 움직인단 말이야. 오늘은 물 위로 뛰어오른 녀석들을 보아도 무섭게 빨리 달리고 있거든. 게다가 모두 북동쪽을 향한단 말이지. 오늘도 역시나 운이 따르지 않는걸까? 아니면 내가 모르는 무슨 날씨의 징조라도 있단 말인가?

노인의 눈에는 더 이상 해안선도 보이지 않았다. 다만 푸른 산의 봉우리들만이 눈이라도 내린 것처럼 하얗게 이어져 있었으며, 그 위로는 흰구름이 몰려들어 치솟은 듯 높은 설산雪山의 봉우리 같아 보였다.

오직 바다만이 어두운 빛을 띠었다. 이상야릇한 광채도 이제는 프리즘 현상을 보일 뿐이었다. 거대한 부유 생물 무리 역시 내리쬐는 햇살 때문에 완전히 자취를 감추어 버렸고, 그의 눈에 보이는 것이라곤 1마일(약 1.6킬로미터:옮긴이) 가량이나 되는 해저를 향해 똑바로 드리워진 낚싯줄과 바닷물속의 거대한 프리즘 현상뿐이었다.

다랑어 떼는 벌써 물러갔다. 어부들은 이런 종류의 물고기들을 모두 다랑어라고 불렀다. 다만, 내다 팔거나 미끼와 바꿀 때만 구별해서 이름을 불렀다. 태양이 뜨겁게 내리쬐었다. 노인은 목덜미가 화끈거리는 걸 느꼈다. 노를 젓고 있느라 등줄기에서 땀이 흘러내렸다.

배 가는 대로 떠 있게만 해 둔 채 낚싯줄을 고리 지어 발가락 끝에 걸어 놓고 잠들면 고기가 물더라도 곧 잠에서 깨어날 수 있겠지, 하고 노인은 생각했다.

그러나 오늘은 85일째니까 무슨 일이 있어도 큰놈을 낚아 올려야 한다고…….

바로 그때, 낚싯줄을 지켜보던 노인은 뱃전에 걸쳐 두었던 초록빛 칠을 한 막대기가 갑자기 물속으로 푹 들어가는 걸 보았다.

"옳지."

노인이 혼자서 중얼거렸다.

"그렇지."

고깃배가 흔들리지 않도록 노인은 가만히 노를 거두었다. 그리고는 오른팔을 뻗어서 엄지와 집게손가락으로 낚싯줄을 가만히 잡았다. 잡아당기는 맛도 무게도 전혀 느껴지지 않았다. 노인은 낚싯줄을 가볍게 누르고만 있는 셈이었다. 이윽고 느낌이 전해져 왔다. 아무래도 녀석이 미끼를 건드려 보는 정도였다. 역시나 잡아당기는 맛도 무게도 느껴지지 않는다. 노인은 이것이 무엇인지 정확하게 알 수 있었다.

100길(183미터, 길은 한국의 관습상의 길이 단위이다. 원래 사람의 키를 기준으로 한 것이며 1길은 1.83미터인데 차차 길게 잡아 8척, 또는 10척을 1길이라 하게 되었다:옮긴이) 물속에서는 지금 마린*marlin*(청새치:옮긴이) 한 녀석이 작은 다랑어의 입에서 튀어나온 낚싯바늘에 덮여 있는 싱싱한 정어리를 뜯어먹고 있는 중일 게야.

노인은 가볍게 낚싯줄을 들어서는 왼손으로 살며시 낚싯대에서 벗기어 냈다. 녀석이 아무런 저항도 느끼지 않게 낚싯줄을 손가락 사이에서 얼마든지 풀어 놔 줄 생각이었다. 이렇듯 먼 바다까지 나온데다 계절이 계절인 만큼 보통 큰 녀석이 아닐 거라고 노인은 생각했다.

어서 먹어라, 이 녀석아. 마음껏 먹으려무나. 얼마나 싱싱한 미끼들인데. 그걸 모르고 600피트(약 180미터:옮긴이)나 되는 차갑고 캄캄한 물속에서 망설이다니. 어둠 속이지만 한 바퀴 더 돌고 나서는 얼른 먹으려무나.

노인은 가볍게 줄이 당겨지는 것을 느꼈다. 잠시 후에는 좀더 세게 당겨지는 걸 느꼈다. 아마도 녀석은 정어리 대가리를 갈고리에서 벗겨 내기가 힘이 들었던 모양이다. 그리고는 곧 조용해졌다.

"자!"

노인이 큰 소리로 외쳤다.

"한 바퀴 더 돌아 보거라. 냄새를 맡아 보라고. 어때, 구미가 당기지 않니? 이번에는 힘껏 물어야 한다. 보라구, 다랑어도 있잖은가 말이야! 단단하고 차가운 게 맛이 아주 그만이란다. 체면 차릴 것 없다니까, 이 녀석아! 자, 어서 먹어 보아라."

엄지와 집게손가락 사이에 낚싯줄을 쥔 채로 노인은 가만히 기다렸다. 그러면서 다른 낚싯줄도 주의해 지켜보았다. 왜냐하면 녀석이 다른 낚싯줄의 미끼를 물지도 모를 일이었기 때문이다. 그러자 다시금 가볍게 줄이 당겨지는 느낌이 왔다.

"이번에야말로 먹을 테지."

노인이 큰 소리로 지껄였다.

"제발 먹어 다오!"

그러나 녀석은 좀체 미끼를 물지 않았다. 그새 도망쳐 버렸는지 이제는 아무런 반응을 느낄 수 없었다.

"도망갈 리가 없는데……."

노인이 말했다.

"절대로 도망갈 리가 없어. 그냥 한 바퀴 돌고 있을 테지. 아마 저 녀석이 전에 낚시에 걸린 적이 있어서 그때 일을 기억하고 있는 건지도 몰라."

그때 낚싯줄이 또 한 번 가볍게 떠는 것이 느껴졌다.

"거봐, 한 바퀴 돌았을 따름이라고."

노인이 중얼거렸다.

"이제 곧 덤벼들어 미끼를 먹을 거야."

때마침 낚싯줄이 가볍게 당겨지는 걸 느낀 노인은 만족스러워졌다. 다음 순간, 무언가 거세고 믿기지 않을 만큼 육중한 무게감을 느낄 수 있었다. 그것은 틀림없이 고기의 무게였다.

노인은 낚싯줄을 풀기 시작했다. 감아 놓았던 여분의 낚싯줄이 아래로 아래로 끊임없이 풀려 나가고 있었다. 낚싯줄은 그의 손가락 사이에서 저절로 풀려 나갔다. 아무런 저항감도 느껴지지 않았지만, 좀 전의 중량감을 노인은 분명히 기억하고 있었다.

"이 녀석이!"

노인이 중얼거렸다.

"비스듬히 미끼를 물고서 도망갈 셈인 게로군."

하지만 녀석은 한 바퀴 돌고는 삼켜 버릴 거야, 하고 노인은 생각했다. 노인은 이 같은 예감을 입 밖에 내서 말하지 않았다. 왜냐하면 뭔가 좋은 일은, 말해 버리고 나면 대개는 일어나지 않는다는 걸 노인은 잘 알고 있었기 때문이다.

노인은 이 녀석이 보통 큰 놈이 아니라는 걸 짐작할 수 있었다. 다랑어 미끼를 입에 물고서 어두운 바닷속으로 도망치려는 녀석의 모습이 눈에 보이는 듯했다. 그 순간이었다. 녀석이 별안간 딱 멈추는 것이었다. 좀 전의 중량감이 여전히 손으로 전해져 왔다. 무게는 점점 더해졌다. 노인은 즉시 줄을 더 풀어 주었다.

"드디어 삼켜 버렸구나."

노인이 말했다.

"잘 삼키도록 도와 주마."

노인은 손가락 사이로 줄이 풀려 나가는 걸 물끄러미 지켜보았다. 이윽고 왼손을 뻗어서 두 개의 여분의 낚싯줄 끝을 다른 두 개의 예비 낚싯줄에다가 단단히 동여맸다.

이제 준비는 완전히 끝난 것이다. 40길(약 70미터:옮긴이)짜리 여분의 낚싯줄이 세 개나 준비된 것이다.

"좀더 삼키거라. 아주 꿀꺽 삼켜 버리거라."

낚싯바늘 끝이 네 심장에 깊숙이 박혀서 너의 목숨을 앗아가도록 꿀꺽 삼키란 말이다, 하고 노인은 생각했다.

자, 그럼, 순순히 떠올라 오려무나. 내가 작살로 푹 찌를 수 있도록 말이야. 옳지, 준비가 다 됐겠지? 이젠 실컷 먹었겠지?

"어영차!"

큰 소리로 외치며 노인은 두 손으로 힘껏 줄을 잡아당겼다. 한 야드(약 90센티미터:옮긴이) 가량 잡아당기고 나서 노인은, 이번에는 전신의 무게를 걸고서 양팔에다 교대로 줄을 걸치고는 양팔을 휘저으며 있는 힘껏 당기고 또 당겨 보았다.

그러나 아무 소용이 없었다. 녀석은 점점 고깃배와 멀어져 갈 뿐이었다. 한 치도 배 가까이로 끌어올 수가 없었다. 큰 고기를 잡기에 알맞도록 노인의 낚싯줄은 굵고 튼튼했다. 그래서 노인은 낚싯줄을 등에다 감고는 힘껏 잡아당겼다. 그러자 줄에서 물방울이 튀었다. 이윽고 줄은 느슨해지더니 철썩거리며 한가로운 소리를 내기 시작했다.

노인은 고깃배의 노 젓는 좌석에 의지한 채로 여전히 줄을 움켜쥐고 있었다. 그리고 녀석의 움직임이 느껴질 때마다 힘껏 몸을 뒤로 젖히면서 줄을 잡아당겼다. 어느 틈엔지 고깃배는 녀석이 움직이는 대로 북서쪽을 향해 천천히 흘러가기 시작했다.

녀석은 조금도 서두르지 않고 한결같은 속도로 바다 위를 헤엄치기 시작했다. 녀석과 더불어 노인은 잔잔한 바다 위를 서서히 흘러갔다. 다른 미끼들이 아직 물속에 있었지만 어쩔 도리가 없었다.

"그 애가 같이 있다면 좋았을 것을……."

노인이 큰 소리로 중얼거렸다.

"나는 지금 고기한테 끌려가는 셈이로구만. 게다가 꼼짝없이 낚싯줄을 묶어 두는 말뚝이 되었고 말야. 배에다 단단히 감아 둘 수도 있지만, 그렇게 했다간 녀석이 줄을 끊고 도망가는 걸 알아챌 수가 없지. 어떻게 해서든 이 녀석을 놓치지 말아야지. 녀석이 끌고 있는 동안은 줄을 풀어 주도록 해야겠어. 요동을 치긴 해도 깊이 내려갈 생각을 않는 것만도 얼마나 고마운 노릇인데……."

하지만 만일에 이 녀석이 물속으로 들어갈 생각을 하게 되면 어떻게 한담. 만일에 물속으로 들어가 죽거나 하면 어떻게 하지. 그렇게 되면 야단인데……. 하지만 그때는 그때 가서 무슨 방도가 서겠지. 방법은 여러 가지가 있으니까.

노인은 등에 걸친 낚싯줄이 비스듬히 물속으로 꽂혀 있는 걸 물끄러미 바라보았다. 배는 북서쪽으로 여전히 끌려가고 있었다.

이제 녀석이 죽을 때가 됐을 텐데, 하고 노인은 생각했다.

언제까지고 이렇게 버티고만 있을 수야 없는 노릇 아닌가 말이야!

네 시간이 지나도록 녀석은 여전히 노인의 고깃배를 끌고서 바깥 바다 쪽으로 헤엄쳐 나갔다. 노인도 여전히 낚싯줄을 등에 감은 채로 버티고 있었다.

"녀석이 낚시에 걸린 게 정오쯤이었지, 아마……."

노인이 혼자 중얼거렸다.

"그런데 아직 나는 저 녀석을 보지 못했단 말이야."

노인은 고기가 낚시에 걸리기 전부터 밀짚모자를 깊숙이 눌러쓰고 있던 탓에 이마가 쓰리고 아팠다. 그리고 목이 몹시 말랐다.

노인은 등에 감은 낚싯줄이 갑자기 당겨지지 않도록 조심하면서 가만히 무릎을 꿇었다. 그리고는 될 수 있는 대로 뱃머리 쪽으로 가까이 기어가 한 손을 뻗었다. 마침내 노인은 물병을 집을 수 있었다. 마개를 따서 한 모금 마셨다. 노인은 뱃머리에 몸을 기댄 채로 바닥에 놓여져 있던 돛대 위에 앉아 이대로 버티어 나가겠다고 생각했다.

문득 뒤를 돌아다보니 육지는 보이지 않았다. 육지가 보이지 않아서 어떻단 말인가, 하고 노인은 생각했다.

나는 언제든지 아바나의 밝은 불빛을 의지해서 돌아갈 수 있으니까. 오늘은 해가 지려면 아직도 두 시간이나 남아 있다고. 틀림없이 그전에 녀석이 떠오를 게야. 만일 그 때까지 떠오르지 않으면 달이 떠오를 때까지는 올라오겠지. 달이 떠오를 때까지도 안 올라온다면 내일 아침 해가 뜰 때는 올라올 거라고…….

난 아직 쥐도 나지 않았고 힘도 빠지지 않았다고. 게다가 낚시에 걸려든 건 저 녀석이라고……. 하지만 저렇게 끈질긴 녀석은 처음 보는걸. 낚싯바늘을 통째로 꿀꺽 삼켜 버린 게 틀림없다고. 한번 꼴이라도 보았으면 좋겠는데 말이야. 대체 어떻게 생겨먹은 녀석인지 알기 위해서라도 꼭 한 번 봤으면 좋겠는데 말이야.

　별의 위치로 보아 녀석이 그새 진로를 바꾸지 않았다는 걸 노인은 알 수 있었다. 해가 지고부터는 날씨가 제법 쌀쌀했다. 등과 팔, 그리고 늙은 다리에 흘렸던 땀도 말라 버려 한기가 느껴졌다.

　노인은 미끼 상자를 덮었던 포대를 낮 동안 햇볕에 널어 말려 두었었다. 해가 지자 노인은 그것을 집어 목에 감고는 등으로 흘러내리게 해서 덮었다. 그리고는 애를 먹으며 겨우겨우 어깨에 걸친 낚싯줄 밑으로 밀어 넣었다. 낚싯줄 밑에서 포대가 어깨받이 역할을 해 주었다.

　노인은 다시금 뱃머리에 몸을 기대는 자세로 앉아 보았다. 제법 편안한 자세를 취할 수 있었다. 실제로는 그저 견딜 만한 자세였으나 노인은 그 자세가 무척 편안해진 거라고 생각했다.

　나도 녀석을 어쩔 도리가 없지만 제 놈도 나를 어쩔 도리가 없을 게야. 녀석이 이 짓을 계속해 나가는 한 저나 나나 별도리가 없지.

　한번은 일어서서 뱃전 너머로 오줌을 누고는 별을 보며

진로를 확인했다. 물속으로 드리워진 낚싯줄은 노인의 어깨에서 뻗어 나간 한 줄기 인광처럼 뚜렷하게 보였다. 이제는 배가 끌려가는 속도가 전보다 느려진 듯했고, 아바나의 불빛이 그다지 밝지 않은 것으로 보아 배는 조류에 떠밀려 동쪽으로 흘러가고 있음을 알 수 있었다.

만일 이 녀석이 애초의 진로대로 갔더라면 아직 몇 시간은 더 아바나의 밝은 불빛이 보였을 거야, 하고 노인은 생각했다.

야구 시합은 어떻게 되었을까. 라디오로 야구 중계를 들을 수 있다는 건 얼마나 멋있는가 말이야.

그러나 노인은 이내 지금은 단 한 가지 일만을 생각해야 하는 거라고 고쳐 생각했다.

지금 내가 하고 있는 일만 생각하는 거다. 쓸데없는 생각을 해서는 안 돼.

이윽고 노인은 큰 소리로 지껄여댔다.

"그 애가 있었더라면 얼마나 좋았을까. 나를 도와 줄 수도 있고, 신나는 구경도 하고 말이야."

늙어서 혼자 있는 것은 좋은 일이 못 된다고 노인은 생각했다. 그러나 지금은 어쩔 도리가 없지. 차라리 저 다랑어라도 상하기 전에 먹고 기운을 차려야겠다. 아무리 먹기 싫더라도 아침나절 안에 꼭 먹어 둬야지, 잊으면 안 돼, 하고 노인은 속으로 자신에게 타일렀다.

밤 사이에 돌고래 두 마리가 뱃전 가까이 나타났다. 그것들이 뒤척이며 이리저리 뒹굴면서 물을 뿜는 소리가 들려왔다. 노인은 수컷이 물을 뿜는 소리와 암컷이 한숨을 쉬듯 물을 뿜는 소리를 똑똑히 구별할 수 있었다.

"착한 녀석들이지."

노인이 말했다.

"녀석들은 어울려 놀고 장난치기도 하고, 그리고 사랑도 하지. 날치 떼와 마찬가지로 우리들의 친구나 다름없다고……."

그러자 노인은 갑자기 자신의 낚시에 걸린 큰 고기가 불쌍하게 느껴지기 시작했다.

멋진 놈이란 말이야. 흔히 볼 수 없는 녀석이잖아? 대체 얼마나 나이를 먹었을까? 지금껏 이렇게 힘센 녀석을 만난 적이 없단 말이지. 게다가 이토록 이상하게 구는 녀석은 처음 보는구나.

놈이 제법 영리하니까 뛰지 않는 모양이야. 사실상 제 놈이 날뛰기라도 했더라면 꼼짝없이 지고 말았을 건 난데 말이야. 아마 틀림없이 이전에도 여러 번 낚시에 걸린 경험이 있어서 이럴 때는 지금과 같은 방법으로 싸우는 게 상책이라는 걸 알고 있는 녀석임에 틀림없어.

하지만 제 놈과 겨루고 있는 것이 단 한 사람이며, 게다가 나이 먹은 늙은이라는 걸 모르는 모양이지. 아무튼 굉장한 녀석이야. 맛만 좋다면 시장에 가져갔을 때 얼마나 비싼 값을 받을 수 있겠는가 말이야.

녀석은 미끼를 먹는 것도 사내다웠다. 끌고 가는 것 역시 사내다웠다. 게다가 당황하는 빛이라고는 조금도 없었다.

대체 무슨 계획이라도 있는 걸까. 아니면 나만큼이나 필사적으로 안간힘을 쓰고 있는 중일까.

노인은 언젠가 한 쌍의 마린 중에서 한 마리를 낚았었던 일을 떠올렸다. 그 녀석들은 먹이를 발견했을 땐 항상 암컷이 먼저 먹게 하는데, 그때 낚시에 걸려든 녀석이 바로 암컷이었다.

낚시에 걸려든 녀석은 공포에 휩싸인 채 사방으로 날뛰면서 필사적으로 요동을 쳤다. 그러다 곧 기진맥진해져 버렸지만, 암놈이 발악하는 동안 수컷은 암컷 옆에 붙어서는 낚싯줄을 넘기도 하면서 암컷 주위를 맴돌았다.

그 녀석이 고깃배 가까이에서 낚싯줄을 넘어 다녔기 때문에 노인은 줄을 끊어 버리지나 않을까 하고 염려했다. 녀석의 꼬리는 보기에도 날카로운데다 모양도 크기도 큰 낫과 비슷했다. 노인은 갈고리로 암놈을 끌어당겨서는 곤봉으로 사정없이 후려쳤다. 그리고는 가장자리가 사포처럼 생긴 주둥이를 잡고서 잽싸게 곤봉으로 정수리를 후려갈겼다. 그러자 고기의 몸뚱이는 금세 거울의 뒷면처럼 변색되었다.

이윽고 소년이 노인을 도와 녀석을 배 안으로 끌어올렸다. 그때까지도 수컷은 뱃전을 떠나지 않고 있었다. 노인이 낚싯줄을 치우고 작살을 준비하는 동안에도 수컷은 여전히 자기 짝이 어디 갔는지 알려고 갑자기 공중으로 솟구쳐 올라 암컷을 찾는 시늉을 하더니만, 다음 순간 물속 깊이 자취를 감추어 버렸다.

날개처럼 생긴 가슴지느러미의 줄무늬가 활짝 펴지던 모습이 아직도 눈에 선하다고 노인은 생각했다.

정말이지 아름다운 놈이었어. 그리고 끝까지 도망치려

고 하지 않았었지. 내가 당했었던 일 중에서 가장 슬픈 사건이었을 거야. 그 애 역시 슬퍼했었고 말이야. 하지만 우리들은 암컷에게 사과를 하고는 곧 칼질을 해 버렸지.

"그 애가 있었으면 얼마나 좋았을까."

노인은 큰 소리로 외치고는 둥글게 생긴 뱃전에다 다시금 등을 기댔다. 그리고 어깨 위에 걸친 줄을 통해서 자기가 선택한 진로를 향해 유유히 헤엄치고 있는 녀석의 힘이 온몸에 전해져 왔다.

일단 나의 계략에 걸려든 이상 그 어떤 선택이든 하지 않을 수 없을 거라고 노인은 생각했다.

네 녀석이 선택한 것은 모든 올가미나 덫이나 계교가 미치지 않는 먼 바다의 어둡고도 깊고 깊은 물속에서 버티어 나가자는 것일 테지. 그러니 나 역시 모든 인간을 떠나, 아니 모든 세계의 인간으로부터 동떨어져서 네 녀석을 바다 밑까지 추적하는 수밖에 달리 도리가 없는 게야. 그래서 우리들은 정오 시각부터 줄곧 이렇게 함께 있었던 거라고. 게다가 너도 혼자, 나도 혼자, 우리들을 도울 거라곤 아무도 없는 셈이지.

차라리 나는 어부가 되지 않았더라면 좋았을걸, 하고 노인은 생각했다.

아니야, 나는 운명적으로 어부로 태어났던 거야, 날이 밝거든 아침 대신 꼭 다랑어를 먹어 두어야 한다는 걸 잊지 말아야 한다고……

아직 동이 트기 전 새벽녘이었다.

노인의 등뒤 쪽에 있는 미끼에 뭔가가 걸렸다. 막대가 부러지고 뱃전 너머로 낚싯줄이 마구 풀려 나가는 소리가 들렸다. 채 걷히지 않은 어둠 속에서 노인은 선원용 나이프를 꺼내 들었다. 그리고는 큰 고기의 무게감을 왼쪽 어깨로 옮겨 놓고 나서 풀려 나가는 낚싯줄을 뱃전의 나무에 대고 끊어 버렸다. 그리고 가장 가까운 곳에 있던 낚싯줄도 마저 끊어 버렸다. 그런 다음 예비 낚싯줄의 끝과 끝을 단단히 매 두었다.

노인은 이 작업을 오로지 한 손으로 능란하게 해치웠다. 매듭을 단단히 매기 위해 노인은 발로 눌러 가며 작업을 마쳤다. 예비 낚싯줄은 이제 여섯 개가 된 셈이었다. 이제 막 끊어 버린 미끼에 달린 것이 각각 두 개, 그리고 지금 큰 고기가 물고 있는 것이 또 두 개, 이것들이 모두 연결된 셈이었다.

날이 밝으면 40길짜리 낚싯줄 있는 데로 가서 그것도 마저 끊어 버리고 예비 줄에다 이어야겠다고 노인은 생각했다.

결국 200길(약 350미터:옮긴이)이나 되는 카탈루냐산産 콜데르 *Catalan cardel*(스페인어로 밧줄을 뜻한다:옮긴이)와 낚시와 목줄을 잃어버린 셈이군. 하지만 그거야 또 장만할 수 있는 것이니까. 방금 물렸던 놈을 잡으려다 이 녀석을 놓쳤다면 그건 무엇으로 보상받는단 말인가! 사실 방금 물렸던 놈이 어떤 녀석인지는 모르지만 말이야. 마린이나 황새치 아니면 상어였겠지. 줄을 잘라 내기 바빠서 미처 당겨 보지도 못했네.

"그 애가 있었으면 얼마나 좋았을까?"

노인이 큰 소리로 지껄였다.

하지만 넌 그 애를 데려오지 못했지. 지금 넌 너밖에 믿을 사람이 없어. 그러니 마지막 낚싯줄을 마저 처리해야 한다고. 어둡거나 어둡지 않거나 간에 말이야. 그걸 잘라 버리고 예비 줄을 이어 두어야 한단 말이야, 하고 노인은 생각했다.

노인은 방금 전의 생각대로 일을 해 나갔다. 어둠 속에서 이런 일을 하기란 여간 어려운 게 아니었다. 한번은 큰고기 녀석이 갑자기 당기는 바람에 그만 앞으로 고꾸라지고 말았다. 눈 밑이 찢어지고 피가 뺨 아래로 흘러내렸다. 그러나 피는 금세 굳어 버렸고 턱까지 흘러내리기 전에 말라 버렸다.

노인은 뱃머리 쪽으로 천천히 기어가서는 뱃전에 몸을 기댄 채 쉴 생각이었다. 그래서 어깨받이를 한번 매만지고는 조심스레 낚싯줄을 움직여 줄 닿는 위치를 바꾸었다. 그리고는 낚싯줄을 고정시킨 다음 고기가 끄는 힘을 느껴 보고는 손을 바닷물속에 넣어 배가 움직이는 속도를 가늠해 보았다.

이 녀석이 무엇 때문에 갑자기 요동을 쳤을까, 하고 노인은 생각했다.

틀림없이 낚싯줄이 녀석의 커다란 잔등을 긁었을 테지. 그렇지만 내 등의 상처보다 심하지는 않을 텐데. 녀석이 제아무리 크고 힘이 넘치더라도 이 배를 영원히 끌고 가지는 못할 거야. 이제 성가신 것들은 모조리 다 치워 버렸으니 염려할 필요가 없다고. 예비 줄도 충분하고, 이만하면 안심이야. 더 이상 바랄 게 없다고, 나는······.

"이 녀석아!"

노인은 고기를 향해서 크게, 그러나 다정한 목소리로 말을 걸었다.

"나는 죽을 때까지 너와 함께 있을 테다."

저 녀석도······ 아마 나하고 끝까지 같이 있을 심산인가, 하고 노인은 생각했다.

노인은 날이 밝기를 기다렸다. 날이 밝기 전이라 제법 쌀쌀했다. 노인은 몸을 따뜻하게 하려고 뱃전에다 몸을 바싹 갖다 붙이고는 비벼댔다.

제 놈이 버티는 동안 나도 버틸 수 있어, 하고 노인은 생각했다.

날이 밝기 시작하자 물속으로 곧장 내려간 줄이 팽팽해졌다. 고깃배는 여전히 물 위에서 녀석에게 끌려가고 있었다. 마침내 태양이 수평선 위에 그 이마를 드러냈다. 햇살이 노인의 오른쪽 어깨에 와서 부딪쳤다.

"녀석이 북쪽으로 가고 있군."

노인이 중얼거렸다.

하지만 조류 때문에 우리는 동쪽으로 밀려날 테지. 부디 녀석이 조류를 타 주었으면 좋으련만. 녀석이 지쳐 버렸다는 증거일 테니 말이야.

　태양이 더 높이 떠올랐다. 노인은 녀석이 조금도 지치지 않았다는 걸 알 수 있었다. 단 한 가지, 바라던 징조가 보였다. 낚싯줄의 경사도로 보아 고기가 약간 위로 떠올라 온 것을 노인은 알 수 있었다. 그렇다고 녀석이 반드시 뛰어오르리라고는 장담할 수 없었다.

　어쩌면 뛰어오를지도 몰라, 하고 노인은 생각했다.

　"제발, 제발이지 저 녀석이 뛰어오르게 해 주소서."

　노인이 애원하듯 말했다.

　"줄은 얼마든지 있으니까요……."

　아마도 내가 여기서 조금만 더 팽팽하게 줄을 잡아당기면 저놈은 아파서 뛰어오를 테지, 하고 노인은 생각했다.

　이젠 날이 밝았으니 녀석을 한번 뛰어오르게 해 볼까. 그렇게만 된다면 녀석은 틀림없이 등뼈를 따라 붙어 있는 공기주머니에 공기가 꽉 들어찰 게야. 그러면 저 녀석을 깊은 물속에서 죽게 하는 일 따위는 없을 테지.

　노인은 낚싯줄이 좀더 팽팽해지도록 잡아당겨 보았다.

하지만 낚싯줄은 처음 녀석을 낚는 순간 팽팽해진 그대로
인 채 당장에라도 끊어질 것 같았다. 몸을 뒤로 젖혀 당겨
보니 아직도 반응이 너무 강했다. 더 이상 잡아당겨서는
안 되겠다고 노인은 생각했다.

자칫 잘못해서 세게 잡아당기면 낚싯바늘에 걸린 살점
이 찢어질 게야. 그렇게 되면 녀석이 뛰어올랐을 때 낚싯
바늘이 벗겨질지도 몰라. 아무튼 태양이 떠올라서 한결 기
분이 나아졌어. 그리고 태양을 똑바로 바라보지 않도록 해
야겠어.

낚싯줄에는 누런 해초가 걸려 있어서 녀석이 그것까지
끌려면 더욱 힘이 들 거란 생각이 들자 노인은 기분이 좋았
다. 간밤에 인광을 발하고 있던 건 바로 이 누런 해초였다.

"이 녀석아!"

노인이 고기를 향해서 말을 걸었다.

"나는 너를 좋아한단다. 존경하기까지 한다만 오늘은
기어이 끝장내고 말 테다."

꼭 그렇게 될 거야, 하고 노인은 생각했다.

그때 작은 새 한 마리가 북쪽 하늘에서 고깃배를 향해
날아왔다. 휘파람새*warbler*였다. 녀석은 해면 가까이 나지

막하게 날더니 고깃배의 고물에 와서 지친 날개를 쉬었다. 녀석이 몹시 지쳐 있다는 것을 노인은 한눈에 알아볼 수 있었다. 이윽고 녀석은 노인의 머리 위를 맴돌다가 이번에는 물속으로 드리워진 낚싯줄 위에 가서 앉았다. 낚싯줄 위가 더 편한 모양이었다.

"너는 몇 살이지?"

노인이 녀석에게 물었다.

"여행은 이번이 처음인가 보구나."

노인이 말을 건네자 녀석이 노인을 쳐다보았다. 너무나 지친 나머지 녀석은 미처 낚싯줄을 살피지도 못하고 있었다. 가냘픈 발로 낚싯줄을 움켜쥔 채 아래위로 갸우뚱거릴 따름이었다.

"줄은 튼튼하니까……."

노인이 녀석을 쳐다보며 말했다.

"너무 튼튼해서 걱정이니 아무 염려 말거라. 간밤에는 바람 한 점 없었는데, 그렇게 지쳐 버려서야 어디 쓰겠니? ……새들은 대체 어떻게 되는 걸까?"

노인이 중얼거렸다.

사나운 매 *hawk*가 이런 녀석들을 찾아 바다로 나오지,

하고 노인은 생각했다. 하지만 이 말을 녀석한테는 하지 않았다. 얘기해 봐야 알아듣지 못할 테고, 게다가 스스로가 매에 대해서 조만간 알게 될 테니까.

"작은 새야, 편히 쉬어라!"

노인이 말했다.

"……그리고 어디로든 날아가려무나. 그래서 너의 기회를 잡도록 해야지. 사람이나 새나 물고기나 모두 똑같으니까 말이야."

밤 사이 등이 뻣뻣해지고, 이제는 심한 통증까지 느껴졌기 때문에 노인은 이렇게 얘기라도 건네는 것이 위로가 되었다.

"너만 좋다면…… 우리집에 와서 살아도 좋아."

노인이 말했다.

"하지만 지금 당장 돛을 올리고, 마침 일기 시작한 미풍과 더불어 너를 데리고 가지 못하는 게 정말 미안하다. 그래도 내겐 친구가 하나 생긴 셈이로구나!"

바로 그때였다. 고기가 갑자기 요동을 치는 바람에 노인은 그만 뱃머리 쪽으로 고꾸라지고 말았다. 순식간의 일이었다. 만일에 노인이 얼른 몸을 일으켜 버티면서 줄을 풀어 주지 않았다면 물속으로 끌려 들어갈 뻔했다.

느닷없이 낚싯줄이 당겨질 때 작은 새는 날아가 버린 모양이었다. 노인은 새가 날아오르는 걸 눈여겨볼 겨를도 없었다. 오른손으로 조심스럽게 줄을 다루다가 문득 노인은 손에서 피가 흐르고 있는 걸 발견했다.

"이놈의 고기 녀석이 또 어디가 아팠던 게야."

노인이 큰 소리로 말했다. 노인은 녀석의 진로를 바꿀 수 있는가 알아보려고 줄을 힘껏 당겨 보았다. 그러나 낚싯줄이 터질 정도로 당겨지자 노인은 줄을 쥔 채로 버티기 시작했다.

"네 놈도 이제는 내가 당기는 힘을 알게 됐구나, 이 녀석아!"

노인이 말했다.

"하지만…… 나도 그렇단다."

노인은 새를 찾아 주변을 두리번거렸다. 벗삼을 수 있는 새라도 있었으면 하고 바랐으나 녀석은 온데간데없었다.

오래 쉬지도 못하고 가 버렸구나, 하고 노인은 생각했다.

하지만 해변에 닿을 때까지는 아직 더 험한 일이 남아 있을 게다. 그건 그렇고 고기 녀석이 한 차례 날뛰었다고 상처를 입다니? 내가 멍청해진 게로군. 아니야, 내가 잠시 작은 새한테 정신이 팔렸던 게야. 이제라도 마음을 다잡고 일에 집중해야지. 그리고 아침 식사로 다랑어를 꼭 먹어 둬야지. 기운을 차려야 하니까 말이야.

"그 애가 곁에 있었으면 좋으련만……. 그리고 소금도 좀 있다면 얼마나 좋을까."

노인이 큰 소리로 말했다. 낚싯줄을 왼쪽 어깨로 옮기고 나서 노인은 손을 씻기 위해 조심스레 무릎을 꿇었다. 그렇게 한참 동안 바닷물에 손을 담근 채로 노인은 핏물이 꼬리를 남기며 흘러가는 모습을 바라보았다. 손에 부딪쳐 오는 물의 압력으로 고깃배가 달리는 속도를 알 수 있었다.

"이젠 꽤나 느려졌어."

노인이 말했다. 바닷물속에다 손을 좀더 담가 두고 싶었지만, 혹시라도 고기 녀석이 또다시 날뛸지 몰라 노인은 몸을 일으켰다. 그리고 발로 버티면서 상처난 손바닥을 볕에 말리기 시작했다. 손바닥의 상처는 살점이 터진 찰과상에 불과했다. 그러나 일을 끝내기 위해서는 손이 필요하다는 걸 노인은 잘 알고 있었다. 시작도 하기 전에 손을 다쳐서는 안 될 일이었다.

"자, 그럼……."

제법 손이 마르자 노인이 말했다.

"……다랑어를 좀 먹어 둬야겠다. 갈고리로 끌어다가 여기서 편히 먹는 거야."

고물 쪽에 차 넣었던 다랑어를 찾느라 무릎을 꿇은 노인은 사려 놓은 낚싯줄을 피해 가며 갈고리를 이용해 녀석을 끌어당겼다. 그리고는 다시 낚싯줄을 왼쪽 어깨로 옮기고 나서 왼쪽 팔로 몸을 지탱해 가며 녀석을 갈고리에서 빼내고는 갈고리를 원래 있던 곳으로 밀어 버렸다.

한쪽 무릎으로 녀석을 누른 채 노인은 머리에서 꼬리까지 등뼈의 선을 따라 녀석의 짙고 검붉은 살을 저며 나갔다. 그런 다음, 쐐기 모양이 된 살점을 등뼈에서부터 복부까지 칼질을 하자 살이 여섯 조각이 나왔다. 뱃머리 나무 위에다 그것들을 늘어놓고서 노인은 나이프에 묻은 피를 바지에 닦았다. 그리고는 꼬리를 집어 뼈만 남은 녀석을 바다 위로 내던졌다.

"한입에 다 먹지는 못하겠는걸."

노인이 말했다. 그리고는 토막 낸 고기 한 조각을 한 번 더 잘라서는 나이프를 꽂았다. 그 순간, 노인은 줄이 세차게 당겨지는 걸 느낄 수 있었다. 그와 더불어 왼쪽 손에 쥐가 나고 말았다. 무겁고 튼튼한 낚싯줄을 쥐고 있는 손이 빳빳하게 오그라들었다. 고통스러운 나머지 노인은 말을 잃은 듯 자신의 손을 내려다보았다.

"이놈의 손이 대체 왜 이러는 거야!"

노인이 큰 소리로 외쳤다.

"쥐가 나려거든 마음대로 하려무나. 새 발톱마냥 오그라들려거든 그러려무나. 그래 봤자 아무 소용 없을 테니……."

자, 어서 기운을 내자, 하고 마음을 가다듬은 노인은 어두컴컴한 물속으로 드리워진 낚싯줄을 살펴보았다.

지금 먹어 둬야지. 먹고 나면 손도 좀 나아질 거야. 그건 손의 잘못이 아니라고, 벌써 여러 시간을 이 녀석과 싸워 왔으니까 말이야. 하지만 어쩌면 이 녀석과 최후까지 같이 있게 되는지도 몰라. 그러니 어서 다랑어를 먹어 둬야지.

노인은 잘라 낸 고기 한 점을 입에 넣고는 천천히 씹었다. 그런대로 맛이 괜찮았다.

잘 씹어야지. 그리고 모두 피로 만들어야지. 귤이나 레몬, 아니 소금이라도 좀 있었으면……

"이제 좀 어떠냐?"

왼손을 내려다보며 노인이 말했다. 그 손은 더없이 빳빳해져서 마치 사후 강직 증세를 보이는 것 같았다.

"너를 위해 좀더 먹어 두마."

잘라 두었던 살점 하나를 마저 입에 넣으며 노인이 말했다. 조심스럽게 살점을 씹던 노인은 껍질을 뱉어냈다.

"이제 좀 나아졌니? 아직은 너무 일러서 잘 모르겠지?"

노인은 토막 낸 고기 한 조각을 집어들더니 이번에는 잘라 내지 않고 그대로 씹었다.

살이 아주 단단하고 피가 많은 고기야, 하고 노인은 생각했다.

돌고래가 아니고 이 놈이 걸린 게 천만 다행이야. 돌고래는 너무 달거든. 단맛이 덜한 대신 팔팔한 기운이 꽉 차고 넘쳐나는 것 같구나, 이 놈은…….

하지만 실질적인 생각 외에는 모두 무의미해, 하고 노인은 생각했다.

소금이라도 좀 있었으면 좋겠는데 말이야. 그건 그렇고 남은 살점들이 햇볕 때문에 상할지, 아니면 말라 버릴지 알 수 없으니 시장하지는 않더라도 다 먹어 두는 것이 좋겠군. 물속의 네 녀석이 얌전하게 계속해서 버티고 있으니, 나도 얼른 먹어 치우고 준비를 해야겠구나.

"조금만 참아 다오, 내 손아! 이걸 전부 먹어 치우는 것도 다 너를 위해서란다."

녀석에게도 이 살점을 좀 먹였으면, 하고 노인은 생각했다.

우린 형제간이니까 말이야. 하지만 나는 녀석을 꼭 죽여야 하고, 그러기 위해서는 힘이 있어야 한단 말이야.

노인은 천천히, 그리고 열심히 쐐기 모양의 생선 조각을 하나하나 먹어 치웠다. 다 먹고 나서 노인은 허리를 한번 쭉 펴고는 바지에다 손을 닦았다.

"자!"

노인이 마침내 왼손에게 말을 건넸다.

"넌 이제 줄을 놓아도 좋다. 네가 쓸데없는 수작을 부리고 한눈을 파는 동안 나는 오른손으로만 저 녀석을 다룰 테니까 말이야."

노인은 왼손으로 쥐고 있던 줄을 왼발로 누르면서 어깨에 전해지는 녀석의 무게감에 천천히 대항해 가며 덮쳐 누르듯 누워 버렸다.

"제발, 제발이지 쥐가 낫게 해 주소서."

노인이 말했다.

"녀석이 대체 무슨 짓을 하려는지 알 수가 없답니다."

아무튼 저 녀석은 침착하게 자신의 계획을 진행해 가고 있는 것 같아, 하고 노인은 생각했다.

대체 녀석의 계획은 어떤 것일까? 또 나의 계획이란 무엇이란 말인가? 녀석의 힘이 엄청나니까 나의 계획이란 그저 녀석의 계획에 전적으로 달려 있다고 해야겠지. 뛰어올라 주기만 한다면 내가 녀석을 죽일 수 있는데, 녀석은 언제까지나 물속에만 머물 심산인 게로구나. 그렇다면 나도 언제까지나 너와 함께 이 위에서 머물 테다.

쥐가 난 손을 부지런히 바지에 문질러대면서 노인은 뻣뻣해진 손가락을 풀어 보려고 애를 썼다. 하지만 손가락은 조금도 말을 듣지 않았다.

태양이 떠오르면 햇살과 더불어 손가락도 펴질지 몰라, 하고 노인은 생각했다.

좀 전에 먹은 팔팔한 다랑어가 위장에서 소화될 무렵에는 퍼지겠지. 만일 왼손을 써야 할 때가 온다면 나는 무슨 수를 써서라도 움직이게 만들 테야. 하지만 지금 당장 억지로 펼 생각은 없어. 저절로 풀어져서 보통 때처럼 움직이도록 내버려둬야지, 간밤에 내가 너무 혹사시킨 셈이야. 그 많은 낚싯줄을 끊고 잇고 하느라고 말이지.

노인은 고깃배 주위를 한 차례 둘러보았다. 그러자 새삼스럽게도 고독해진 자신을 발견할 수 있었다. 그렇지만 노인은 깊고도 어두컴컴한 물속의 프리즘 현상을 똑똑히 볼 수 있었고, 앞으로 뻗어 나간 낚싯줄과 잔잔한 바다의 신비스러운 파동 또한 볼 수 있었다. 무역풍과 더불어 구름이 뭉게뭉게 모여들기 시작했으며, 한 떼의 물오리들이 하늘에 새겨진 듯 뚜렷하게 모습을 나타냈다가 흩어지고, 다시 나타나곤 했다.

어느 누구도 바다에서는 혼자가 아니라는 걸 노인은 잘 알고 있었다. 하지만 작은 고깃배를 타고 육지가 보이지 않는 먼 곳까지 나오는 일을 두려워하는 어부들도 있다는 것 또한 노인은 잘 알고 있었다.

갑자기 날씨가 변덕을 부리는 계절이라면 그럴 법도 하지. 그러나 지금은 태풍의 계절이고, 그럼에도 태풍이 없다는 것은 일 년 중에서도 고기잡이에 가장 좋은 계절인 셈이지, 하고 노인은 생각했다.

태풍이 올 때는 며칠 전부터 하늘에 그 징조가 나타나게 마련이거든. 그리고 바다에 나가 있노라면 그것을 금방 알 수 있지. 육지에서라면 좀체 그것을 알 수가 없는 법이라고. 왜냐하면 아무 데서도 태풍의 단서를 잡을 수 없기 때문이지. 물론, 육지가 구름의 모양을 바꾸어 놓는 것도 사실이야. 아무튼 지금은 태풍의 징조가 없는 게 분명해.

노인은 물끄러미 하늘을 올려다보았다. 하늘에는 아이스크림 덩어리 같은 흰 적운積雲(맑은 봄날 지평선에 흔히 나타남: 옮긴이)이 보였고, 그보다 더 높은 하늘에는 9월의 하늘을 배경으로 엷은 깃털 같은 권운卷雲(맑다가 흐려지기 시작할 무렵에 흔히 나타남: 옮긴이)이 깔려 있었다.

"브리사 *brisa*(스페인어로 미풍의 뜻: 옮긴이)야!"

노인이 말했다.

"이 녀석아! 너보다는 내게 유리한 날씨가 되었구나."

왼손은 아직 쥐가 난 그대로였다. 노인은 천천히 왼손을 펴 보려고 했다.

쥐가 나는 건 정말이지 질색이야. 그건 자신의 육체에 대한 일종의 배신과도 같아, 하고 노인은 생각했다.

다른 사람 앞에서 프토마인 *ptomaine*(동물성 단백질의 부패로 생기는 유독성 분해물·옮긴이)식 중독을 일으켜 설사를 한다든 지 구토를 한다는 것도 창피한 일이지만, 쥐가 나는 건 ─ 노인은 '쥐'를 뜻하는 스페인어 '카람브레'*calambre*를 떠 올렸다 ─ 특히 혼자 있을 때는 더없이 창피한 노릇이야.

그 애가 있었다면 팔을 주물러 풀어 주었을 텐데, 하고 노인은 생각했다.

하지만 손은 곧 풀릴 거야.

바로 그때였다. 오른손에 쥔 줄을 잡아 끄는 힘이 달라 진 걸 노인은 느낄 수 있었다. 이내 물속으로 드리워진 낚 싯줄의 경사가 서서히 바뀌는 것도 볼 수 있었다. 마침내 노인은 상체를 뒤로 젖히면서 줄을 잡아당겼다. 그리고 왼 손을 몇 번이고 세차게 허벅다리에 후려쳤다. 이윽고 낚싯 줄은 경사진 그대로 서서히 떠올랐다.

"이제야 올라오는구나!"

노인이 말했다.

"자, 가까이 오너라. 제발 부탁이다."

낚싯줄은 서서히 떠올랐다. 고깃배의 앞쪽 해면이 굽이 치듯 부풀어 오르더니 마침내 녀석이 모습을 나타냈다. 녀 석이 해면을 뚫고 계속해서 올라오느라 양 옆구리로 물이

쏴아 하고 쏟아져 내렸다.

태양 광선을 받아 녀석의 비늘이 번쩍였다. 머리와 등은 짙은 보랏빛을 띠고 있었다. 옆구리에는 넓은 줄무늬가 한 줄 달리고 있었으며, 연한 보랏빛으로 반짝였다. 또, 주둥이는 야구 방망이같이 길었으며 쌍날 칼처럼 끝이 뾰족했다.

녀석은 겨우 온몸을 물 위로 드러내는가 싶더니 이내 물속으로 가라앉아 버렸다. 다이빙 선수와도 같은 능숙한 솜씨였다. 노인은 커다란 낫처럼 생긴 꼬리가 물속으로 가라앉는 것을 물끄러미 바라보았다. 그와 동시에 손에 쥔 낚싯줄이 일정한 속도로 풀려 나가기 시작했다.

"이 배보다 2피트(약 60센티미터: 옮긴이)나 더 길겠어!"

노인은 어안이 벙벙해서 지껄였다.

무섭고도 빠르게, 그리고 일정한 속도로 줄이 풀려 나가는 것으로 보아 녀석은 조금도 당황하고 있는 것 같지 않았다. 노인은 두 손으로 온 힘을 다해 낚싯줄을 잡고는 줄이 터지지 않을 정도로만 당겼다. 적당히 잡아당기면서도 녀석을 놓아주는 체하지 않을 것 같으면 녀석은 분명 줄을 있는 대로 끌고 나가 결국에는 줄을 끊어야 할지도 모른다는 걸 노인은 잘 알고 있었다.

엄청나게 큰 녀석이야. 그러니까 저놈한테는 본때를 보여 줘야지, 하고 노인은 생각했다.

녀석이 마음대로 하게 내버려둬서도 안 되고, 제 놈이 달리기만 하면 무슨 짓인들 할 수 있다는 걸 눈치채게 해서도 안 된다고. 내가 만일 저놈의 고기라면 나는 무슨 수라도 써서 뭔가 결판이 날 때까지 해 보고 말 게야. 하지만 고맙게도 저 녀석은 제 놈을 죽이는 인간보다는 머리가 좋지 않으니까. 비록 저놈이 우리 인간보다 훨씬 기품이 있고 능력이 있더라도 말이야.

지금껏 노인은 큰 고기라면 숱하게 보아 왔다. 1,000파운드(약 450킬로그램:옮긴이)가 훨씬 넘는 큰 녀석도 여러 번 보았다. 게다가 그 정도의 고기를 잡은 것도 평생에 두 번은 있었다. 그러나 그때는 지금처럼 혼자가 아니었다.

육지도 보이지 않는 망망대해에서, 그것도 혼자서 노인은 지금 생전 처음 보는 큰 고기, 들어 보지도 못한 큰 고기와 대결하고 있는 것이다. 그런데 노인의 왼손은 여전히 매 발톱처럼 오그라든 채로 굳어 있었다.

곧 풀릴 게야, 하고 노인은 생각했다.

틀림없이 풀려서 오른손이 하는 일을 도와 줄 게야. 이 세 가지는 형제라 할 수 있어. 나의 두 손과 저 녀석 말이지. 그러니 쥐가 난 왼손은 꼭 풀릴 거야. 쥐가 나다니, 부끄럽기 짝이 없는 일이군.

고기는 어느새 속도를 늦추더니 보통 때처럼 헤엄치고 있었다.

그런데 아까는 왜 뛰어올라 왔을까, 하고 노인은 생각해 보았다. 녀석은 마치 자신의 크기를 자랑이라도 하는 듯이 뛰어오른 것 같았다.

아무튼 그 덕에 알게 되었군. 그렇다면 내가 어떤 인간인가를 보여 줘야지. 그러나 그땐 저놈이 쥐가 난 나의 왼손을 보게 되겠지. 하지만 그렇게 된다면, 사실 내가 제 놈보다는 더 강하다는 것도 알게 될 테지. 내가 저 녀석보다 강하다는 건 사실이니까 말이야.

그러자 노인은 의지와 지혜밖에 없는 자신과 맞서고 있는, 모든 걸 가진 저 고기가 되어 보고도 싶다는 생각이 들었다.

뱃전에 몸을 기댄 채 편안한 자세로 노인은 엄습해 오는 고통을 견디고 있었다. 고기는 조금의 흐트러짐도 없이 헤엄쳐 나갔다. 노인의 고깃배 역시 어두운 수면 위를 천천히 움직였다. 바람이 불어오기 시작하자 약한 파도가 일었다. 한낮이 되어 노인의 왼손에 난 쥐가 풀렸다.

"이 녀석아, 네겐 나쁜 소식이 하나 있구나."

노인이 말하면서 어깨를 덮고 있는 포대 위의 줄을 옮겼다. 편안한 자세였지만 고통은 여전했다. 인정하고 싶지는 않지만 고통은 서서히 다가오고 있었다.

"나는 신앙이 있는 건 아니야."

노인이 말했다.

"……하지만 이 고기를 잡을 수 있게만 해 주신다면, 주님의 기도 열 번, 성모송 열 번이라도 외우겠다. 만일 이 녀석을 잡기만 한다면 코브레의 성모님을 참배할 것을 약속해도 좋다. 이건 약속이다."

노인은 기계적으로 기도문을 암송하기 시작했다. 노인은 가끔 너무 피로한 탓으로 기도문이 떠오르지 않을 때가 있었다. 그럴 때면 빨리 외우곤 했다. 그러면 자동적으로 나오곤 된다. 주님의 기도보다는 성모송이 외우기 쉽다고 노인은 생각했다.

"은총이 가득하신 마리아*Hail Mary*님, 기뻐하소서! 주님께서 함께 계시니 여인 중에 복되시며 태중의 아들 예수님 또한 복되시나이다. 천주의 성모 마리아님*Holy Mary, Mother of God*, 이제 와 저희 죽을 때에 저희 죄인을 위하여 빌어 주소서. 아멘!"

이윽고 노인은 덧붙였다.

"거룩하신 성모 마리아*Blessed Virgin*시여, 이 녀석의 죽음을 위해서도 기도해 주소서, 훌륭한 놈이긴 하옵니다만……."

기도를 끝내고 나니 한결 기분이 좋아졌으나, 고통만은 여전했다. 아니, 오히려 전보다 더 심하다면 심한 것 같았다. 노인은 뱃전에 등을 기댄 채 무의식적으로 왼손의 손가락들을 놀려 보기 시작했다. 부드럽게 미풍이 일기 시작했으나, 햇볕은 더없이 따가웠다.

"짧은 줄에 미끼를 새로 달아서 고물 쪽에 드리워 두는 게 좋겠어."

노인이 말했다.

"……녀석이 하룻밤을 더 버티어 볼 심산이라면 나 역시 배를 채워 둬야 하니까 말이야. 게다가 물도 이젠 얼마

남지 않았어. 여기서는 돌고래밖에 잡힐 것 같지는 않지만, 싱싱할 때 먹으면 그것도 나쁘지는 않아. 오늘 밤에는 날치라도 한 마리 날아들었으면 좋겠군. 하지만 유인할 불빛이 없으니⋯⋯. 날로 먹기엔 날치가 그만이거든. 칼질을 할 필요도 없고 말이야. 이제부턴 힘을 아껴 두어야 한다고. 녀석이 이렇게 큰 놈인 줄은 정말 몰랐어."

노인이 말했다.

"하지만 난 녀석을 반드시 죽일 거야. 녀석의 모든 위대함과 영광 속에서⋯⋯."

그리고는 덧붙였다.

"녀석을 죽이는 게 옳지 않은 일일지도 모르지만, 나는 이놈에게 사람이 어떤 일을 할 수 있으며, 얼마나 견딜 수 있는가를 보여 주고 말 테야."

노인은 계속해서 말을 이었다.

"이상한 괴짜라고 그 애한테 말하잖았는가 말이야. 지금이야말로 그걸 증명해 보일 때가 된 거라고."

노인은 지금껏 수천 번도 더 증명을 해 보였다. 하지만 이제 와서는 무의미해지고 말았다. 이제 또다시 그걸 증명해 보이려 하기 때문이었다. 몇 번이라도 상관은 없었다.

기회란 그것을 잡는 자에게는 언제고 새로운 것이니까. 그리고 그걸 증명해 보일 때마다 노인은 과거의 일에 대해 생각하지도 않았다.

녀석이 잠을 자 줬으면 좋으련만. 그러면 나도 잠을 잘 수 있고, 또 사자 꿈도 꿀 수 있을 거고 말이야, 하고 노인은 생각했다.

다른 건 다 사라졌는데도 어째서 사자 생각만은 남아 있는 걸까? 이 늙은이야, 생각은 무슨 생각! 생각은 그만두라고! 뱃전에다 몸을 기대고 편하게 휴식이라도 취하는 게 상책이야. 아무 생각도 말게나. 고기란 놈이 열심히 움직이고 있잖은가 말이야. 그러니 지금은 될 수 있는 대로 쉬어 두는 게 좋다니까.

이미 오후로 접어들기 시작했다. 노인의 고깃배는 여전히 수면 위를 미끄러지듯 달리고 있었다. 하지만 동쪽에서 불어오는 미풍에 약간의 저항이 느껴졌다. 노인은 작은 파도를 헤치며 조용히 노를 저었다. 낚싯줄이 주는 고통도 한결 나아진 것 같았다.

오후 들어 한 번 더 줄이 올라왔다. 그러나 고기는 해면 아래 높은 바다를 헤쳐 나갈 뿐이었다. 태양은 노인의 왼 팔과 어깨와 등에 내리쬐고 있었다. 그래서 고기가 북동쪽 으로 방향을 돌린 걸 노인은 알 수 있었다.

녀석의 모습을 본 이상 노인은 보랏빛 가슴지느러미를 날개처럼 활짝 펴고서 커다랗고 꼿꼿한 꼬리를 바싹 세운 채 어두운 물속을 가르듯 헤엄쳐 나가는 모습을 눈앞에 생 생하게 그려 볼 수 있었다.

저만큼 깊은 물속에서 녀석의 눈이 얼마나 잘 보일지 모 르겠군, 하고 노인은 생각했다.

그러고 보니 녀석은 무척 큰 눈을 가지고 있었어. 말馬의 눈은 작기는 하지만 밤눈이 아주 밝지. 나도 옛날에는 꽤 밝았었는데 말이야. 아주 캄캄한 곳에서야 말도 안 되는 소릴 테지만, 나도 고양이 눈만큼은 밝았었다고······.

태양의 온기와 꾸준한 놀림 덕분에 노인의 왼손은 이제 완전히 나았다. 노인은 왼손에다 좀 더 힘을 옮겨 놓기 시 작했다. 그리고는 등 근육에 힘을 주어 낚싯줄이 닿아 생 긴 상처의 아픔을 풀어 보려고 했다.

"이 녀석아, 네가 만일 지치지 않았다면, 분명히 너도 괴 짜임에는 틀림없다."

노인이 큰 소리로 지껄였다.

노인은 이제 지칠 대로 지쳐 있었다. 게다가 곧 밤이 오리라는 것도 알고 있었다. 그래서 무슨 딴 생각이라도 해보려고 애썼다. 노인은 빅리그를 떠올려 보았다. 노인에게는 오히려 그란 리가스 *Gran Ligas* 라는 스페인 말이 한층 더 친근미가 있었다. 뉴욕 양키스와 디트로이트 타이거즈가 오늘 시합을 하고 있으리란 걸 노인은 알고 있었다.

후에고스 *juegos* (스페인어로 시합을 뜻한다:옮긴이)의 결과를 모른 지가 오늘로 꼭 이틀째가 되었구나, 하고 노인은 생각했다.

하지만 나는 자신을 가져야만 해. 위대한 디마지오는 발뒤꿈치 뼈가 아프면서도 끝끝내 참고 마지막까지 승부를 해내고 있잖은가 말이야. 나라고 져서야 쓰겠어?

노인은 자문자답하듯 지껄였다.

"뼈가 아픈 걸 스페인 말로 뭐라고 하지? '운 에스푸엘라 데 우에소 *Un espuela de hueso* 라고. 뼈에 고장이 났다는 거지. 그런 건 우리는 모르는 일이야. 하지만 싸움닭들이나 하는 박차拍車를 우리의 뒤꿈치에다 박는 것만큼 아플까? 나라면 견딜 수가 없을 것 같군. 놈들처럼 한쪽 눈이 빠진다거나, 심지어 양쪽 눈이 모두 다 빠지고서도 정신없이 싸우는 일은 나로서는 불가능해. 훌륭한 새나 짐승에 비한다면 인간이란 그리 대단한 존재가 못 되는군. 나는 차라리 저 캄캄한 바닷속에 있는 저런 짐승이나 되겠어.

"상어 *shark* 만 오지 않는다면……."

노인이 마침내 큰 소리로 말했다.

"상어가 나타나면 저놈이나 나나 가엾은 꼴이 되긴 마찬가질 테니까 말이야."

위대한 디마지오인들 지금의 나만큼 이렇게 오랜 시간 동안 물고기와 겨루어 나갈 수 있을까, 하고 노인은 생각했다.

틀림없이 할 수 있을 게야. 나보다는 젊고 더 튼튼할 테니까 말이야. 게다가 그의 아버지도 어부였다니까. 하지만 발뒤꿈치 뼈가 상하게 되면 역시 꼼짝 못하겠지.

"내가 알 턱이 없지. 나는 발뒤꿈치가 아파 본 일이 없으니까 말이야."

노인이 큰 소리로 말했다.

해가 기울 무렵, 노인은 문득 옛 생각을 떠올리며 용기를 얻고자 했다. 아주 오래전 일이었다. 그는 언젠가 카사 블랑카 *Casablanca* 의 술집에서 시엔푸에고스 *Cienfuegos* 태생인 거구巨軀의 흑인과 팔씨름을 한 적이 있었다. 상대방은 항구에서 가장 힘이 세다는 사내였다.

테이블에 분필로 선을 그어 놓고 그 위에다 팔꿈치를 놓은 채 손을 마주 움켜쥐고서 하루 낮 하루 밤을 지샌 적이 있었다. 쌍방이 다 같이 상대방 손을 테이블 위에 꺾어 엎으려고 안간힘을 쓰면서 버티었다. 상당한 돈을 거는 사람도 있었다. 석유 램프의 불빛 아래로 쉴새없이 구경꾼들이 들락거렸다.

그는 흑인의 팔과 손, 그리고 그의 얼굴을 응시한 채 눈을 떼지 않았다. 심판은 최초의 여덟 시간이 지나자 잠을 자기 위해서 네 시간마다 심판을 교대했다.

그의 손이나 흑인의 손이나 손톱 밑에서 피가 나왔다. 서로가 상대방의 눈빛을 살펴 가며 손과 팔에서 눈을 떼지 않았다. 사람들은 방 안을 들락날락하기도 하고 벽 옆에 있던 높다란 의자에 걸터앉아 승부의 과정을 지켜보고 있었다. 주위의 벽은 나무로 되어 있었으며 밝고 푸른빛으로 페인트칠이 되어 있었다.

램프의 불빛이 벽 위에다 모든 것의 그림자를 던져 주고 있었다. 미풍이 램프의 불꽃을 흔들 적마다 흑인의 커다란 그림자가 벽 위에서도 흔들거렸다.

승부는 밤새도록 결정이 나지 않았다. 모두들 흑인에게 럼주*rum*酒를 마시게 해 주기도 하고 불붙인 담배를 물려 주기도 했다. 상대방은 럼주를 한잔 들이켤 적마다 맹렬한 힘으로 덤벼들었다.

한번은 노인도, 아니 그때는 노인이 아니라 캄페온 산티 아고*el Campeon Santiago*(campeon은 스페인어로 선수를 뜻한다:옮긴 이)였었다. 3인치(약 8센티미터:옮긴이) 가량이나 밀려서 하마 터면 질 뻔했었다. 그러나 그는 다시 필사적인 힘으로 손을 원래의 위치까지 바로 세워 놓았었다. 그때 캄페온 산 티아고는 잘생긴 사내였으며, 못지않게 대단한 사내였던 흑인을 이길 수 있다는 자신을 얻었다.

새벽녘이었다. 돈을 걸었던 친구들이 무승부로 하면 어 떻겠느냐는 제안이 나오고 심판까지도 고개를 갸우뚱하 고 있을 무렵, 그는 최후의 힘을 다해 흑인의 손을 마구 밀 어 엎으면서 드디어 테이블 표면에 철썩 갖다 붙였다.

승부는 일요일 아침에 시작했다가 월요일 아침에 끝난

셈이었다.

돈을 걸었던 사람들 대부분은 선창에 나가서 설탕 포대 하역 작업을 하거나, 혹은 아바나의 석탄 회사로 일을 나가야 했기 때문에 무승부를 주장했던 것이다. 그렇지 않았다면 시합을 마지막까지 구경하고 싶어했을 것이다. 하여간 그는 모든 사람이 일하러 가야 하는 시간이 되기 전에 승부의 결말을 내주었던 셈이다.

그 후 얼마 동안 사람들은 그를 챔피언*Champion*이라고 불렀다. 그리고 봄에는 복수전이 열렸다. 그러나 이번에는 많은 돈을 거는 사람은 없었다. 첫 시합에서 시엔푸에고스 태생의 흑인의 기를 꺾어 버렸기 때문에 그는 아주 쉽게 승리할 수 있었다. 그 후로도 그는 몇 차례인가 더 시합을 가졌다.

꼭 하고 싶다는 생각만 있으면 어떤 사람하고도 시합을 해서 이길 자신이 있었지만, 그는 고기잡이를 해야 하는 오른손을 위해서는 팔씨름을 그만두는 게 낫다고 생각했다. 그래서 두세 번인가 왼손으로 승부를 겨룬 적도 있었다. 그러나 왼손은 항상 그의 배반자였다. 왼손은 자기가 마음먹은 대로 말을 들어주지 않았다. 그 후 그는 왼손을 믿지 않았다.

태양이 따뜻하게 내려 쬐이면 다시는 쥐가 나는 일은 없겠지, 하고 노인은 생각했다.

밤이 되어 날씨가 너무 추워지지만 않는다면 쥐는 다시 생기지 않을 거야, 오늘밤은 대체 어찌 되려는지.

비행기 한 대가 마이애미 *Miami*를 향해서 그의 머리 위를 지나갔다. 비행기 그림자에 놀란 날치 떼가 뛰어오르는 걸 노인은 물끄러미 바라보았다.

"저렇게 날치 떼가 많은 걸 보니, 돌고래도 있겠군."

노인이 말했다. 그리고는 녀석이 물고 있는 줄을 조금이라도 잡아당길 수 있는지 알아보려고 어깨에 걸친 낚싯줄에 기대듯이 몸을 젖히고는 버티어 보았다. 그러나 녀석은 끄떡도 하지 않았다. 오히려 금시라도 끊어져 버릴 것처럼 줄이 팽팽해지더니 물방울을 튀면서 부르르 떨렸다.

노인의 고깃배는 천천히 전진했다. 비행기 쪽으로 시선을 옮긴 노인은 눈에서 안 보일 때까지 비행기의 꽁무니를 쫓았다.

비행기에 타고 있으면 이상한 기분이 들 거야, 하고 노인은 생각했다.

저렇게 높은 곳에서 내려다보면 바다는 어떻게 보일까? 너무 높이 날지만 않는다면 고기를 볼 수도 있을 거야. 한 200길쯤 되는 높이에서 아주 천천히 날면서 고기를 내려다볼 수 있었으면 좋겠는걸.

언젠가 거북잡이 배에 타고 있었을 때, 노인은 돛대 꼭대기에 붙어 있는 활대에 올라가서 아래를 내려다본 적이 있었다.

그 정도의 높이에서도 보이는 것이 참 많았었지. 거기서 내려다보니 돌고래는 훨씬 더 짙은 녹색 빛을 띠고 있었어. 줄무늬랑 보랏빛 반점까지도 보였었지. 그리고 온통 고기 떼뿐인 바다를 녀석들이 헤엄쳐 가는 것도 바라다보였어.

그런데 어두운 조류를 타고 돌아다니는 재빠른 물고기들은 왜 하나같이 자줏빛 잔등에다 보랏빛 줄무늬와 반점이 있는 걸까, 하고 노인은 생각했다.

돌고래는…… 사실은 황금빛이기 때문에 바닷물과 섞여 녹색으로 보이는 걸 거야. 하지만 정말 배가 고파서 먹이를 쫓을 때는 마린처럼 양 옆구리에 보랏빛 줄무늬가 생기지. 그건 화가 났기 때문일까, 아니면 너무 빨리 헤엄쳐서 그런 걸까.

 날이 어두워지기 직전이었다. 고깃배는 섬처럼 부풀어 오른 해초 옆을 지나갔다. 변덕스러운 파도에 시달리는 게 마치 누런 담요 밑에서 바다가 무언가와 사랑을 나누고 있는 것 같았다.

 그때 작은 줄에 돌고래 한 마리가 물렸다. 돌고래가 곧바로 뛰어올랐기 때문에 금세 알 수 있었다. 비늘에 석양빛이 물들어 금빛으로 빛나는 모습을 드러낸 녀석은 엎치락뒤치락하면서 사납게 날뛰고 있었다. 녀석은 계속해서 몇 번이고 뛰어오르기를 반복했다. 공포가 느껴질 정도로 아슬아슬한 곡예였다.

 노인은 조심스레 고물 쪽으로 기어갔다. 그리고는 그곳에 웅크리고 앉아서 큰 낚싯줄을 오른손과 팔로 잡아 둔 채 왼손으로는 돌고래를 끌어들였다. 낚싯줄을 잡아당길 때마다 노인은 녀석이 달아나지 못하도록 왼발로 줄을 밟았다.

 마침내 노인은 녀석을 고물 가까이로 끌어들일 수 있었다. 녀석은 필사적으로 이리저리 뒤척이면서 날뛰었다. 노인은 뱃머리 너머로 몸을 내밀고는 보랏빛 반점의 금빛 물고기를 고물 안으로 끌어올렸다. 녀석의 턱은 발작적으로 열리고 닫히기를 반복했다. 낚시를 깨물어 끊으려는 듯이. 게다가 길고 평평한 몸뚱이와 머리, 그리고 날렵한 꼬리로 동시에 마구 뱃바닥을 두들겨대기 시작했다.

번쩍번쩍 빛나는 녀석의 대가리를 노인은 몇 번이고 곤봉으로 내려쳤다. 그러자 돌고래는 부르르 떨면서 경련을 일으키더니 이내 조용해졌다. 노인은 녀석의 주둥이에서 낚싯바늘을 빼고는 다시 한 번 정어리 미끼를 달아서 물에 던졌다. 그리고는 천천히 고물 쪽으로 기어가 바닷물에 왼손을 담근 채 몇 번 휘젓고는 바지에 닦았다.

노인은 무거운 줄을 오른손에서 왼손으로 옮겼다. 그러고 나서 이번에는 오른손을 담가 바닷물에 휘저어 씻었다. 그런 다음, 태양이 바닷물속으로 사라지는 것과 묵직한 낚싯줄이 비스듬히 경사져 있는 모양을 유심히 지켜보았다.

"저 녀석은 조금도 지친 것 같지가 않은걸."

노인이 말했다. 그렇지만 손에 와 닿은 물의 저항감으로 배의 속도가 눈에 띄게 느려진 걸 노인은 알 수 있었다.

"고물에다 노를 모두 묶어 두어야겠어. 그러면 밤 사이에 녀석도 속도가 줄어들 테지."

노인이 말했다.

"녀석은 오늘 밤에도 끄떡없을 거야. 나도 그렇긴 하지만 말이야."

돌고래의 살 속에다 피를 간직하려면 조금 기다렸다가 배를 갈라 내장을 빼내 버리는 것이 좋겠어, 하고 노인은 생각했다.

고물에다 노를 매어 두는 일이나 내장을 빼내 버리는 일도 좀 있다가 하는 편이 낫겠어. 지금은 해질 무렵이니까 고기를 조용히 내버려두어야지. 성가시게 굴지 말아야 해. 해 질 무렵엔 어떤 고기라도 다루기 힘든 법이니까 말이야.

노인은 바람에다 손을 말렸다. 그리고는 낚싯줄을 잡고서 될 수 있는 대로 편안한 자세를 취했다. 뱃전에다 몸을 기댄 채 녀석이 끄는 대로 끌려가는 것이긴 했지만, 배가 앞으로 나아가기 힘들어져 녀석에게는 좀더 힘들 것이었다.

이제 요령이란 게 좀 생긴 거야, 하고 노인은 생각했다.

적어도 이런 방법으로 해 나가면 되는 거야. 그렇다, 저 놈은 미끼를 물었을 때부터 아직껏 아무것도 먹지 않았다. 저런 덩치로는 여간 많이 먹지 않을 텐데 말이야. 한편 나는 다랑어 한 마리를 다 먹어 두었지. 내일은 돌고래 요리를 먹을 차례고 말이야.

노인은 돌고래를 도라도*dorado*(스페인어로 돌고래, 또는 황금을 뜻한다:옮긴이)라고 불렀다.

이놈의 내장을 빼낼 때 조금만 먹어 둬야겠어. 그야 다랑어보다는 먹기가 어려울 테니까 말이지. 하지만 그렇게 생각하면 이 세상에 쉬운 일이 어디 있겠어.

"야, 이 녀석아! 너는 지금 기분이 어떠냐?"

노인이 큰 목소리로 고기에게 말을 걸었다.

"나는 괜찮아. 왼손도 좋아졌고 내일의 양식도 이미 준비가 다 되어 있다고. 자, 고기야, 이 녀석아, 어서 배를 끌어야지."

노인은 사실상 아무렇지도 않은 것이 아니라 어깨에 걸친 줄에서 오는 통증이 거의 통증의 상태를 넘어서 일종의 무감각 상태에 다달아 있었다. 이렇게 되리라는 걸 노인은 미리부터 알고 있었다.

하지만 좀 전에는 더 심했었잖은가, 하고 노인은 생각했다.

오른손의 상처는 긁힌 정도에 지나지 않고 왼손의 쥐도

나았겠다, 다리는 끄떡없이 튼튼하고, 게다가 양식이 있으니 저놈보다는 내가 훨씬 더 유리하지 않은가 말이야.

9월이면 으레 그렇듯 해가 사라지자 바다는 이내 어두워졌다. 노인은 낡은 뱃전에다 몸을 기대고서 될 수 있는 대로 편안한 자세를 취했다. 첫 별이 나타났다. 노인은 리겔*Rigel*(오리온성좌에서 제일 밝은 별:옮긴이)이라는 이름의 별을 알지는 못했으나, 그 별이 나타나면 곧 다른 별들도 나타나서 모두가 자신의 먼 친구가 되리라는 걸 알고 있었다.

"저 고기 녀석도 내 친구이기는 하지."

노인이 큰 소리로 말했다.

"이런 녀석은 내 평생에 본 일도 없고 들어 보지도 못했어. 하지만 나는 저놈을 죽여야만 하지. 그러니 별들을 죽이지 않아도 된다는 건 얼마나 다행한 일이야."

날마다 달을 죽이려고 아등바등 애를 써야만 한다고 상상해 보란 말이지, 하고 노인은 생각했다.

달은 달아나고 말 테지.

만일에 우리 인간이 날마다 해를 죽이려 애쓴다고 상상해 보란 말이지, 하고 노인은 생각했다.

그렇게 태어나지 않은 게 정말이지 다행이야.

여기에 생각이 미치자 노인은 먹을 것도 없는 큰 고기가 왠지 불쌍하게 여겨졌다. 불쌍하다는 생각은 들었지만 녀석을 죽이겠다는 결심은 조금도 누그러지지 않았다.

저놈을 잡게 되면 얼마나 많은 사람들이 배를 불릴 수 있겠는가 말이야, 하고 노인은 생각했다.

그런데 인간들이 저 고기를 먹을 자격이 있을까? 아니지, 자격이 없어. 저토록 당당한 위엄에 기품을 생각해 보면 아무도 저놈을 먹을 자격이 없다고.

노인은 이런 일들에까지 생각이 미치자, 뭐가 뭔지 알 수가 없었다. 하지만 인간이 태양이나 달, 또는 별들을 죽이려 애쓰지 않아도 괜찮다는 게 얼마나 다행한 일인지 몰랐다. 바다에 의지해 살아가면서 우리들의 진정한 형제들을 죽이는 것만으로도 충분하니까.

자, 이제는 고기의 힘을 빼는 일에 대해서만 생각하면 되는 거다, 하고 노인은 생각했다.

물론 일장일단이 있지. 만일 노를 묶어 두고 배의 속력을 떨어뜨린다면 저놈이 알아채는 순간 마지막 힘을 내서 질주할 테고, 그렇다면 나는 줄을 자꾸만 풀어 주어야만 할 거야. 그러다가 행여 녀석을 놓치게 될지도 모르지. 그렇다고 해서 속도를 올리도록 놔둔다면, 서로의 고통을 연장하는 것밖에는 안 되겠지만 저놈은 터무니없을 정도로 속도를 낼 힘을 숨기고 있는지도 모르니 나로서는 오히려 그러는 편이 안전한 셈이지.

어떤 일이 있든지 간에 나는 힘을 아껴 두지 않으면 안 된다. 그러니 돌고래가 상하지 않도록 내장을 빼 버리고, 힘이 나도록 조금 먹어 두는 것이 좋겠어. 우선은 한 시간쯤 더 이런 자세로 휴식을 취해야겠다. 저놈이 아직 힘이 빠지지 않아 버티고 있는 동안 말이야. 고물 쪽으로 가서 일하는 건 그 다음에 해도 괜찮겠지. 그러고 나서 결정을 내려야지.

그 사이에 고기가 어떻게 나올 것이며, 어떤 변화를 일으키게 될지를 알 수 있을 게야. 노를 배에다 잡아 맨 건 좋은 생각인 것 같아. 하지만 이제 차츰차츰 안전을 생각해야 할 때가 온 거야. 아무튼 저 녀석은 대단한 놈이니까.

낚싯바늘이 놈의 한쪽 주둥이 구석에 꽂히고 입을 꽉 다물고 있는 걸 이 두 눈으로 직접 보지 않았던가 말이야. 낚싯바늘에 걸린 벌은 아무것도 아니겠지만 배가 고프다는 벌이라든가, 또 자신이 알 수 없는 그 무엇과 싸우고 있다는 사실이 녀석에게는 큰 문제일 거야.

　이 늙은이야, 지금은 좀 푹 쉬어야 한다고. 다음 일을 해야 할 때까지는 녀석을 자유롭게 날뛰도록 내버려두라고.

　노인은 곧 휴식을 취했다. 거의 두 시간 가량은 되는 듯했다. 달이 늦도록 떠오르지 않았기 때문에 시간을 판단할 방법이 없었다.

　비교적 휴식을 취한 셈이지, 잘 쉬었다고는 말할 수 없어, 하고 노인은 생각했다.

　고기가 끌고 가는 힘을 여전히 어깨 위로 느끼면서 노인은 버티어 나갔다. 그러나 노인은 왼손으로 뱃머리 쪽 뱃전을 잡고는 고기에 대한 저항력을 점점 더 고깃배에 떠맡기려 애를 썼다.

　만일 줄을 고정시킬 수만 있다면 얼마나 간단한 일일까, 하고 노인은 생각했다.

　하지만 저놈이 별안간 물속으로 뛰어드는 날엔 줄이 단번에 끊어져 버릴 거야. 녀석이 잡아당기는 힘을 내 몸으로 조절하다가 언제고 두 손으로 줄을 풀어 줄 수 있도록 준비가 되어 있어야만 한다고.

　"하지만 이 늙은이야, 자네는 어제부터 한숨도 눈을 못

붙이지 않았는가 말이야."

노인이 스스로에게 큰 소리로 말했다.

그 후 반나절과 하룻밤, 게다가 또 하루가 지났는데도 잠을 자지 못했단 말이야. 고기가 조용하게 있는 동안에 어떻게 해서든지 잠을 자 두는 게 좋을 게야. 잠을 자지 않으면 머리가 흐리멍텅하게 될 테니까 말이야.

내 머릿속은 아주 맑은데, 뭘, 하고 노인은 생각했다.

너무나 맑아 우리 형제뻘인 별들처럼 초롱초롱하다고. 그래도 역시 잠은 자 두어야겠지. 별들도 잠들지 않는가 말이야. 달도 자고, 태양도 자지 않는가 말이야. 조류가 없는 날이면 바다마저 잠을 자고.

그러니 잠을 자 두어야 한다는 걸 잊지 말아야 해, 하고 노인 스스로에게 타일렀다.

억지로라도 잠을 자도록 하고 낚싯줄에 대해서는 확실한 방법을 강구하면 되는 거야. 자, 되돌아가서 돌고래나 요리해야지. 만일 잠을 잘 생각이라면 고물에다 노를 매어 둔다는 건 너무나 위험한 일이야.

"아니야, 나는 잠을 안 자고도 견딜 수 있어."

노인이 혼잣말을 했다.

하지만 아무래도 위험한 일이야.

노인은 고기에게 갑작스러운 충격을 주지 않을까 하고 조심스럽게 손과 무릎으로 기어서 고물 쪽으로 되돌아가기 시작했다.

어쩌면 저 녀석도 반쯤 잠을 자고 있는지 모를 일이야, 하고 노인은 생각했다.

그놈이 잠을 자게 해서도 안 되지. 녀석이 죽을 때까지 배를 끌게 해야 해.

노인은 고물 쪽으로 되돌아가서는 왼손으로 어깨에 걸쳐진 줄을 버티어 나갈 수 있도록 몸을 돌렸다. 그리고 오른손으로 나이프를 꺼냈다. 어느 사이엔지 하늘에는 별이 총총히 나와 있었다. 그래서 돌고래를 똑똑히 볼 수 있었다.

노인은 돌고래 머리에다 나이프를 꽂아 고물 밑창에서 끌어냈다. 발로 고기를 누르고 항문에서 아래턱 끝까지 단칼의 솜씨로 갈랐다. 그러고 나서 칼을 놓고 오른손으로 내장을 꺼낸 다음 더러운 것을 깨끗이 긁어내고, 아가미도 깨끗이 잘라 냈다.

녀석의 위가 손에 무겁게 느껴지고 미끈거렸다. 노인은 그것을 갈라 보았다. 날치 두 마리가 그 안에 들어 있었다.

아직 싱싱하고 살도 단단했다.

노인은 그것을 옆에다 가지런히 놓고는 돌고래의 내장과 아가미를 뱃전 너머로 던져 버렸다. 그것들은 인광을 발하면서 길게 꼬리를 늘어뜨리더니 바다 깊숙이 가라앉았다.

돌고래는 이제 차디차게 빛나고 있었으며, 별빛 아래서는 마치 비늘 빛이 회백색으로 빛나고 있었다. 노인은 오른발로 고기의 대가리를 누르고는 한쪽 옆구리의 껍질 안을 벗겼다. 그리고는 고기를 뒤집어 반대쪽 껍질을 벗기고 머리에서 꽁지까지 칼질을 해 나갔다.

노인은 고기의 뼈를 물속에 던져 버리고 물속에서 소용돌이가 이는지 어떤지를 물끄러미 지켜보았다. 그러나 그것은 다만 희미한 빛을 바라면서 천천히 가라앉을 따름이었다.

노인은 몸을 돌려 두 쪽의 고깃점 사이에다 날치 두 마리를 끼워 놓고는 나이프를 칼집에 넣었다. 그리고는 천천히 뱃머리 쪽으로 되돌아왔다. 노인의 등은 어깨에 걸쳐진 줄 무게 때문에 구부려져 있었고, 오른손에는 고기가 들려 있었다.

뱃머리로 되돌아온 노인은 돌고래의 고깃점을 나무 판자 위에 가지런히 놓고 그 곁에 날치를 갖다 놓았다. 그러고 나서 어깨에 걸치고 있던 줄의 위치를 바꾸고는 뱃전에 얹어 둔 왼손으로 다시금 줄을 꽉 움켜잡았다.

  노인은 뱃전 너머로 몸을 기울여서는 날치를 씻으면서 손에 느껴지는 물의 압력을 주의 깊게 관찰했다. 돌고래의 껍질을 벗겼던 손에서는 인광이 발하고 있었다. 노인은 손에 와 닿는 물살을 지켜보았다. 속도가 전보다 좀 떨어진 것을 알 수 있었다. 배의 널빤지에다 손을 문지르자 반짝이던 비늘이 떨어져서 고물 쪽으로 천천히 흘러갔다.

  "저 녀석도 아마 지쳤거나, 아니면 휴식을 취하고 있는 것일 게야."

  노인이 중얼거렸다.

  "자, 그럼, 나도 이 돌고래나 먹고 한숨 자기로 할까."

  별빛 아래서 점점 더해 가는 밤의 냉기를 피부에 느껴가면서 노인은 돌고래의 얇은 고깃점을 반쯤 먹고, 날치도 내장과 머리를 버리고서 한 마리를 다 먹었다.

  "돌고래는 제대로 요리를 해서 먹으면 정말 맛이 있는 생선인데 말이야." 하고 노인이 말했다.

"날로 먹기에는 아무래도 형편없단 말이지. 다음에는 반드시 소금이나 레몬을 가지고 배를 타도록 해야겠어."

조금만 머리를 썼더라면, 고물 쪽에 있는 널빤지에 바닷물을 뿌려 두었더라면 그것이 말라서 소금이 될 수도 있었을 텐데 말이야, 하고 노인은 생각했다.

하지만 내가 돌고래를 낚아 올린 건 해가 진 다음이었지. 그래도 준비 부족이랄 수밖에 없어. 그러나 고기를 모두 잘 씹어서 먹었기 때문에 구역질도 나지 않는군.

동쪽 하늘에 구름이 점점 끼어 가면서 노인이 알고 있었던 별이 하나둘 사라졌다. 마치 거대한 구름의 골짜기 속으로 배를 타고 나가는 것 같았다. 바람은 이제 완전히 잦아들었다.

"사나흘 지나면 날씨가 나빠지겠는걸."

노인이 중얼거렸다.

"그러나 오늘 밤이나 내일은 괜찮을 게야. 자, 이 늙은이야, 고기가 조용하고 얌전히 있을 동안에 잠이나 한잠 자 두도록 하라고."

노인은 오른손으로 줄을 꽉 잡고는, 그 위를 허벅다리로 꽉 누르고서 온몸의 무게를 이물에다 떠맡기는 듯이 하고 누웠다. 그리고 어깨의 줄을 약간 늦추고서 그 위에다 왼손을 얹어 줄을 단단히 눌렀다.

줄이 팽팽하게 죄어져 있는 동안에는 내 오른손이 줄을 잡고 있을 수 있을 게야, 하고 노인은 생각했다.

그리고 만일 잠자는 동안에 줄이 당겨지면 줄이 풀려 나가면서 당장 왼손에 전해져 눈을 뜨게 될 테고. 허벅다리 밑의 오른손이 약간 힘들 뿐이지. 하지만 내 오른손은 시달리는 데 길이 들어 버린 셈이야. 20분이나 반시간 정도만 잠을 자도 나는 충분할 거야.

노인은 몸 전체의 무게를 오른손에 걸고 자기의 몸 전체를 낚싯줄에 기대고서 앞으로 웅크린 자세로 잠이 들어 버렸다.

노인은 사자 꿈은 꾸지 않았으나 그 대신 8마일(약 13킬로미터:옮긴이)이나 10마일(약 16킬로미터:옮긴이) 가량 뻗어 나간 돌고래 무리를 꿈에 보았다. 아마도 돌고래의 교미기였던 것 같았다. 돌고래들은 하늘로 높이 뛰어올랐다가는 이상하게도 똑같은 구멍으로 떨어지곤 했다. 아마도 그 구멍은 녀석들이 물에서 뛰어오를 때 생긴 것인 듯했다.

그리고 노인은 다시 꿈을 계속 꾸었는데, 그는 마을의

자기 침대에 누워 있었다. 북풍이 불어닥치고 몹시 추웠다. 그리고 그는 오른팔을 베개 대신 베고 잤기 때문에 오른팔이 저린 꿈도 꾸었다.

그 다음으로 길게 뻗어 나간 노란 해안선을 꿈꾸었다. 겨우 사자가 나타나는 꿈이었다. 아직 새벽녘의 어둑어둑한 해안을 향해 몇 마리가 내려오는 걸 볼 수 있었다. 그리고 다시 또 다른 사자들이 내려왔다. 노인은 뱃머리에 턱을 고인 채 그 광경을 바라보았다.

배는 그곳에 닻을 내린 채 바깥 바다를 향해서 불어 가는 저녁의 미풍에 흘러가고 있었다. 노인은 꿈속에서도 사자가 더 나타날지 모른다는 기대를 걸고 있었다. 노인은 무척 행복했다.

달이 뜬 지도 이미 오래되었으나 노인은 여전히 잠을 자고 있었다. 고기는 여전히 유유히 줄을 끌고 헤엄쳐 갔다. 배는 미끄러지듯 구름의 터널 속으로 들어갔다.

노인은 갑자기 눈을 떴다. 오른손 주먹이 휙 잡아당겨지면서 얼굴에 와 부딪치고 줄은 오른손 바닥이 불타오르는 듯이 풀려 나갔다. 왼손에는 아무런 감각도 없었다.

노인은 오른손으로 있는 힘을 다해 줄을 견제하려 들었

다. 그러나 줄은 무서운 속도로 풀려 나갔다. 드디어 왼손이 줄을 찾아서 움켜잡았다. 노인은 등에다 줄을 걸쳐멨다. 그러자 등과 왼손이 화끈 달아올라 금세 뜨거워졌다. 있는 힘을 다해 줄을 잡는 바람에 왼손이 심하게 베었다. 노인은 여분의 감아 놓은 줄을 찾으려고 뒤를 돌아다보았다. 그 줄도 순조롭게 풀려 나가고 있었다.

그때였다. 녀석이 요란한 소리를 내면서 물 위로 뛰어올랐다. 그리고 다시 첨벙 하는 소리와 함께 물속으로 떨어지는 소리가 들렸다. 그러고 나서도 녀석은 계속해서 몇 번씩이나 뛰어오르면서 날뛰었다. 줄이 여전히 풀려 나가면서 배는 무서운 기세로 이리저리 끌려 다녔다.

노인은 줄이 아슬아슬하게 끊어지려는 순간까지 팽팽하게 잡아당겼다가 놓아주고 놓아주고 하였다. 이것을 몇 번이고 되풀이했다. 뱃머리 쪽으로 바싹 끌려간 바람에 노인의 얼굴은 잘라 놓은 돌고래의 고깃점 위에 짓눌린 채 꼼짝도 못하고 있었다.

이렇게 되기를 기다렸던 거야, 하고 노인은 생각했다.

자, 이젠 사태를 받아들여야지. 저놈에게 낚싯줄 값을 치르게 해야겠어!

고기가 뛰어오르는 모습을 노인은 볼 수가 없었다. 다만 바다가 갈라지는 소리와 고기가 물속으로 떨어질 때 일어나는 철썩 하는 소리만이 들려올 뿐이었다.

줄이 풀려 나가는 속도가 손을 몹시 상하게 했다. 그러나 그것은 당연히 기대한 바였다. 노인은 감각이 무디어진 부분만이 상처가 나도록 내버려두었다. 그리고 줄이 손바닥의 부드러운 곳을 파고들지 않도록, 그리고 손가락을 상하게 하지 않도록 주의했다.

그 애가 있었더라면 감아 둔 낚싯줄에 물을 축여 줄 텐데, 하고 노인은 생각했다.

그렇고말고……. 그 애가 있었다면, 그 애가 있어 주었다면…….

줄은 계속해서 풀려 나가고 있었으나, 점점 속도가 떨어졌다. 노인은 고기가 한 치라도 줄을 끌고 나가는 데 힘이 들게 만들었다.

이제 노인은 나무에서 머리를 들고 뺨 밑에 짓눌려 있던 고깃점에서 얼굴을 들었다. 이윽고 노인은 무릎을 세우고 천천히 일어섰다. 줄을 풀어 주기는 했었지만, 아주 천천히 풀어 준 셈이었다.

노인은 발로 더듬어 가면서 낚싯줄 감아 놓은 데로 되돌아갔다. 아직도 줄은 여유가 많았다.

이제 녀석은 물속으로 풀려 나간 새로운 줄의 무게를 모두 감당하면서 끌고 돌아다녀야만 할 게야. 암, 그렇지, 하고 노인은 생각했다.

게다가 저놈은 이제 열 번도 더 물 위로 뛰어올랐겠다! 그것도 등에 붙은 주머니에 공기를 가득 채우고서 말이야. 하지만 저 녀석이 내가 끌어올릴 수도 없는 깊은 곳에 가라앉아 죽게 되면 야단인걸. 저놈은 이제 곧 선회를 하기 시작할 테지. 그렇게 되면 내가 저것을 좀 다루어 보도록 해야겠어.

그런데 왜 저 녀석이 이렇게 날뛰기 시작했을까? 자포자기라도 한 건가? 배가 고파졌기 때문일까? 아니면 밤 사이에 뭔가에 겁을 집어먹었기 때문일까? 아마 저것이 겁을 집어먹은 게 틀림없을 게야. 하지만 저 녀석은 침착하고, 게다가 힘도 센 놈이야. 공포 따위는 느낄 리가 없다고. 자신만만할 텐데, 뭘! 하여간 이상한 일이로군.

"이보게 늙은이! 자네도 두려워할 건 아무것도 없어. 자신을 가지면 되는 거라고."

노인은 또다시 스스로를 타일렀다.

"줄은 자네가 쥐고 있지만, 잡아당기지는 못할 거야. 그렇기는 해도 저 녀석 역시 곧 빙글빙글 선회하기 시작할 게 틀림없어."

노인은 이번에는 왼손과 어깨로 고기를 다루면서 살며시 엎드려 오른손으로 물을 떠다가 얼굴에 붙는 돌고래의 고깃점을 씻어 냈다. 그대로 두었다가는 구역질이 나서 기운이 빠져 버릴까 두려웠던 것이다.

노인은 얼굴을 씻고 난 다음, 이번에는 오른손을 뱃전 너머로 내밀어 씻었다. 그리고 짜디짠 바닷물속에 손을 그대로 담근 채 허옇게 동이 터 오는 동쪽 하늘을 지켜보았다.

녀석은 동쪽을 향하고 있구나, 하고 노인은 생각했다.

녀석이 지쳐 버렸다는 증거야. 조류와 함께 떠내려가고 있는 걸 보니 말이야. 이제 녀석이 곧 빙글빙글 선회를 시작할 테지. 그렇게 되면 그때부터 우리들의 일이 시작되는 거야.

아주 오랫동안 오른손을 물속에 담그고 있었다고 생각했을 때 노인은 손을 들어올려 유심히 살펴보았다.

"대단하군, 사내에게 아픈 것이 문제가 되어서야 쓰

나?" 하고 노인은 스스로를 타일렀다.

노인은 새로 다친 부분에 낚싯줄이 닿지 않도록 조심해서 줄을 쥐고는 고기의 무게를 옮기고, 이번에는 반대편 뱃전 너머로 왼손을 담글 수 있게 했다.

"값없는 일을 하느라고 이토록 심하게 다친 건 아니니까 말이야."

노인은 왼손에다 대고 말했다.

"하지만 내가 왼손으로 도무지 찾을 수 없을 때가 있었다니까."

왜 나는 두 손 모두를 잘 쓸 수 있도록 태어나지 못했을까? 하고 노인은 생각했다.

왼손을 제대로 훈련하지 못한 건 내 잘못이니까 말이야. 하지만 정말 배울 기회는 충분히 있었어. 그러나 간밤에는 그리 서툴지도 않았고 쥐도 한 번밖에 나지 않았으니까 말이야. 그리고 만일 다시 쥐가 생긴다면 낚싯줄이 끊어지도록 내버려두어야만 해.

이렇게 생각을 하면서도 자신의 머리가 맑지 않다고 느껴지자 노인은 돌고래라도 좀더 씹어야겠다고 생각했다.

그러나 할 수 없는 노릇이라고 노인은 혼잣말을 했다.

구역질 때문에 기운이 빠져 버리는 것보다는 머리가 흐리멍텅해지는 게 더 나을 것 같았다. 그리고 그 고깃점 속에다 얼굴을 처박고 있었으니, 먹는다고 하더라도 삭이지 못할 거라는 사실을 노인은 잘 알고 있었다.

상할 때까지 긴급용으로 간직해 두기로 하자. 그러나 이제는 영양분을 섭취해서 기운을 찾기에는 이미 때가 너무 늦은 것 같았다.

"이 늙은이야! 넌 바보야." 하고 노인은 혼잣말을 지껄였다.

"남은 날치라도 먹어 보지 그래."

깨끗한 채로, 언제라도 먹을 수 있게 날치는 그곳에 놓여져 있었다. 노인은 왼손으로 그것을 집어 들고 입에 넣고는 천천히 씹었다. 뼈째 깨물어 가면서 꼬리 있는 데까지 모조리 다 먹어 치웠다.

날치란 놈은 어떤 고기보다도 영양가가 있는 고기란 말이야, 하고 노인은 생각했다.

적어도 내가 필요한 자양분 정도는 고기가 줄 거야.

이제 내가 할 수 있는 일은 다한 셈이지, 하고 노인은 또다시 생각했다.

그리고 이제는 고기가 선회하도록 만들어야만 하고, 싸움이 시작되도록 해야만 한다고.

고기가 선회를 시작했을 때는 노인이 바다에 나온 이후 세 번째로 태양이 솟아오르고 있었다.

노인은 줄의 기울어진 각도에 의해서 고기가 선회하고 있다는 걸 알아채지 못했다. 선회하는 것이 빨리 온 셈이었다. 갑자기 줄이 느슨해지는 걸 느낄 수 있었기 때문에 노인은 오른손으로 천천히 낚싯줄을 잡아당기기 시작했다.

줄은 여전히 팽팽히 당겨져 있었다. 그러나 금세 끊어질 것 같은 지점에까지 왔을 때, 줄은 갑자기 끌려 들어오기 시작했다. 노인은 어깨와 머리에서 줄을 풀어낸 다음 천천히, 그리고 정확하게 잡아당기기 시작했다.

두 손을 젓는 듯한 동작으로 노인은 될 수 있는 대로 몸과 다리에다 끄는 힘을 맡겼다. 늙은 다리와 어깨가 마치 이 동작의 추축이 되고 있는 셈이었다.

"굉장히 크게 선회하고 있군. 그러나 녀석이 회전하고 있는 것만은 틀림없는 일이야." 하고 노인은 말했다.

이윽고 줄은 더 이상 당겨지지 않았다. 노인은 다만 줄을 꽉 움켜쥔 채 물방울이 줄에서 튕겨 나가면서 아침 햇살을 받아 반짝이는 걸 물끄러미 바라다보고 있었다.

그때였다. 또다시 손으로부터 줄이 세차게 풀려 나가기 시작했다. 노인은 무릎을 꿇고, 어두운 물속으로 줄이 끌려가는 걸 아까운 듯이 바라다보았다.

"저놈이 지금 선회하는 원의 가장 먼 쪽을 돌고 있는 게로구나."

노인이 중얼거렸다.

할 수 있는 한 줄을 꽉 잡아당기고 있어야겠어, 하고 노인은 생각했다.

내가 세게 잡아당길 때마다 녀석이 선회하는 원은 작아지겠지. 그럼 한 시간 안에 나는 저 녀석을 볼 수 있게 될 게야. 이젠 저놈의 운명을 알게 하고 꼭 죽여야만 해.

그러나 녀석은 여전히 유유하게 선회하고 있었으며, 노인의 몸은 땀으로 흠뻑 젖어 있었다. 두 시간이 지나자 피로가 뼛속까지 스며들어 왔다. 하지만 녀석이 선회하는 원은 훨씬 작아져 있었다. 줄의 경사진 각도로 보아 고기가 조금씩 수면으로 올라오고 있다는 걸 노인은 알 수 있었다.

한 시간 동안 노인은 눈앞에서 검은 반점이 어른거리는

걸 보았다. 흐르는 땀이 눈을 따갑게 했고, 눈 위의 상처와 이마에 난 상처를 쓰리게 했다. 노인은 검은 반점을 두려워하지 않았다. 줄을 힘껏 잡아당길 적이면 으레 일어나는 현상이었다. 그렇지만 노인은 두 번씩이나 눈앞이 아찔한 현기증을 느꼈다. 걱정거리가 아닐 수 없었다.

"이런 꼬라지로 녀석과 함께 죽을 수는 없어."

노인이 중얼거렸다.

"이제 곧 저토록 아름다운 놈을 볼 수가 있게 되었으니, 제발 하느님, 견딜 수 있는 힘을 주소서. 주님의 기도를, 성모송을 백 번씩이라도 외우겠습니다. 그러나 지금은 외우지 못할 것 같습니다."

외운 걸로 해 두자, 하고 노인은 생각했다.

"나중에 외울 테니까."

그때 갑자기, 노인은 두 손으로 꽉 움켜쥐고 있던 줄이 지금껏 느끼지 못했던 강한 힘으로 왈칵 잡아당겨지는 걸 알 수 있었다. 그 힘은 세차고 맹렬하고, 그리고 무겁게 느껴졌다.

저놈이 창처럼 생긴 주둥이를 놀려 철사로 된 목줄을 친 게로구나. 그렇지, 그렇게 나올 줄 알았다니까. 그렇게 하지 않을 수가 없었을 테지. 하지만 그 때문에 뛰어오르게 될지도 모르지. 지금으로서는 그냥 그대로 빙빙 돌기나 해줬으면 좋겠는걸. 좀 전에 뛰어오른 건 공기를 넣기 위해서 필요한 것이었겠지.

그러나 지금부터는 저놈이 뛰어오를 때마다 낚싯바늘이 박힌 상처를 크게 할 염려가 있는데다, 또 그렇게 되면 낚시가 빠져나갈 염려도 있었다.

"뛰어오르지 말아라, 고기야. 뛰지 마라." 하고 노인은 소리쳤다.

녀석은 그 후에도 대여섯 번이나 철사를 때렸다. 그리고 녀석이 머리를 흔들 적마다 노인은 줄을 조금씩 풀어주었다.

저 녀석의 고통을 현재 상태에서 막아 주어야겠는데, 하고 노인은 생각했다.

나의 고통은 문제가 아니야. 나는 참을 수 있지만 저놈은 고통 때문에 얼마나 사납게 날뛸지 모르겠거든.

한참 후 고기는 철사에 부딪치는 것을 그치고, 다시 천천히 맴을 돌기 시작했다. 노인은 꾸준히 줄을 끌어들이고 있었다. 그러나 노인은 또다시 현기증을 일으켰다.

노인은 왼손으로 바닷물을 떠서 머리를 적셨다. 두세 번 그렇게 하고 나서 이번에는 목덜미를 축이고 문질렀다.

"이제 쥐는 안 나는군."

노인이 말했다.

"곧 저 녀석도 올라올 게야. 이 녀석아, 나는 마지막까지 견딜 수 있단다. 그러니까 너도 끝까지 견뎌야만 한다. 그건 말할 필요도 없는 일이지."

노인은 이물에다 무릎을 꿇고서, 잠시 동안 줄을 등에 걸쳤다.

녀석이 먼 곳을 선회하고 있는 동안 쉬기로 하자. 그리고 가까이 다가오면 싸우기로 하자, 하고 노인은 생각했다.

이물 쪽에서 휴식을 취하는 동안 노인은 줄을 감아 들이지 않고, 고기가 제멋대로 한 바퀴 돌도록 내버려두고 싶은 생각이 간절했다. 그러나 줄의 팽팽한 정도로 보아서 고기가 배를 향해 다가오는 걸 알 수 있었다. 기미를 알아차린 노인은 자리에서 벌떡 일어나 자신의 몸을 회전축으로 삼고 전후좌우로 움직이면서 고기가 가져갔던 줄을 계속 감아 들였다.

이토록 피로했던 적은 전에 없던 일이야, 하고 노인은

생각했다.

무역풍이 불어오는군. 그런데 이 바람은 고기를 사로잡는 데 안성맞춤이란 말이야. 몹시 기다렸던 바람이지.

"녀석이 다음 선회를 시작하거든 쉬도록 해야겠다."

노인이 중얼거렸다.

"기분도 훨씬 더 좋아졌어. 이대로 간다면…… 저것이 두세 바퀴만 더 돌아 주면 사로잡을 수 있겠는데."

노인의 밀짚모자는 머리 뒤쪽으로 젖혀져 있었다. 이물 쪽에 털썩 주저앉아서 줄을 꽉 움켜잡은 채로 노인은 선회 하고 있는 녀석의 동작을 살폈다.

여전히 일을 계속하고 계시는군, 고기야! 하고 노인은 생각했다.

네가 회전하고 있을 때 너를 잡아야겠구나.

파도가 어지간히 일기 시작했다. 그러나 이 바람은 제철에 맞게 부는 바람이다. 노인이 집으로 돌아가려면 이 바람은 꼭 필요했다.

"배를 남서쪽으로 돌려야겠어."

노인이 중얼거렸다.

"바다에선 길을 잃어버릴 까닭이 없지. 그건 길다란 섬이기도 하니까 말이야."

노인이 또다시 녀석의 모습을 볼 수 있었던 건 고기가 세 번째로 선회하고 있을 때였다.

처음 녀석이 배 밑을 지나갈 때, 그 길이를 도저히 믿을 수 없을 만큼 길었고, 또한 어두운 그림자처럼 보였다.

"아니야, 이렇게까지 클 리가 없어."

노인이 말했다. 그러나 녀석은 사실상 그렇게 컸었다.

세 번째 선회가 끝날 무렵, 녀석은 배로부터 약 30야드(약 30미터:옮긴이) 정도 떨어진 수면 위에 그 모습을 드러냈다.

노인은 물 위로 솟아 올라와 있는 녀석의 꼬리를 볼 수 있었다. 녀석의 꼬리는 큰 낫의 날보다도 더 날카로워 보였고 짙푸른 물빛 위에 엷은 보랏빛으로 솟아 있었다. 게다가 뒤로 약간 비스듬히 기울어져 있었다.

녀석이 수면 바로 밑을 헤엄치고 있었기 때문에 노인은 그 거대한 몸뚱어리와 띠를 두른 것 같은 자줏빛 줄무늬를 볼 수 있었다. 등에 있는 지느러미는 아래로 늘어뜨려져 있었고, 커다란 가슴지느러미는 좌우로 활짝 펴져 있었다.

이번의 선회에서 노인은 고기의 눈을 똑똑히 바라볼 수 있었다. 게다가 두 마리의 작은 상어가 동반하고 있는 것처럼 바싹 붙어서 헤엄치고 있는 것도 보았다. 이들 상어 녀석들은 어떤 때는 고기에 찰싹 붙기도 하고, 또 어떤 때는 떨어져 나오기도 하면서 헤엄쳤다. 그리고 또 어떤 때는 큰 고기의 그늘 속으로 홱 들어가 버리기도 했다.

두 마리의 상어 녀석들은 다 같이 길이가 3피트(약 90센티미터 : 옮긴이) 정도 되었으며, 마치 뱀장어처럼 전신을 굽이쳐 가면서 헤엄치고 있었다.

노인은 구슬 같은 땀을 흘렸다. 비단 태양의 열기 때문만은 아니었다. 고기가 조용하게 매번 돌 때마다 노인은 줄을 끌어당기고 있었던 것이다.

이제 두 바퀴만 더 돌면 작살을 꽂을 기회가 오겠지, 하고 노인은 생각했다.

그러나 나는 고기를 가까이, 아주 가까이 끌어와야만 해. 머리를 노릴 것이 아니라, 심장의 정통을 푹 찔러야 한다고.

"이 늙은이야, 침착하고 기운을 내란 말이야." 하고 노인은 스스로를 타일렀다.

다음 선회 때 녀석은 등을 수면 위로 내밀었으나 아직도 노인의 고깃배에서는 멀었다. 다음 선회 때도 역시 거리가

멀었다. 그러나 녀석의 몸뚱이는 제법 해면 가까이로 올라
와 있었다.

줄을 조금만 더 끌어들이면 녀석을 배와 나란히 할 수
있겠어, 하고 노인은 생각했다.

노인은 벌써 오래전부터 작살 꽂을 준비를 해 놓고 있었
다. 작살에 매어 둔 가는 줄을 둘둘 감아서 동그란 광주리
에 넣어 두었던 것이다. 그리고 그 끝은 이물의 말뚝에다
매어 두었다.

녀석은 맴을 돌면서 점점 더 가까이 고깃배 근처로 다가
왔다. 조용하고도 아름다운 모습이었다. 커다란 꼬리만이
움직이고 있었다. 노인은 있는 힘을 다해서 고기를 가까이
끌어들이려고 애를 썼다.

그 순간, 녀석이 기우뚱하면서 배를 드러냈으나 이내 다
시 기운을 차리고 선회하기 시작했다.

"녀석을 움직였다. 내가 녀석을 움직였어!"

노인이 큰 소리로 외쳤다.

그러나 바로 그때, 노인은 또다시 현기증을 느꼈다. 하
지만 노인은 전력을 다해 녀석에게 매달리듯 낚싯줄을 잡
고서 늘어졌다.

내가 녀석을 움직였어, 하고 노인은 생각했다.

이번에야말로 녀석을 처치하고 말 테다. 손아, 당겨라, 그리고 발아, 너는 끝까지 버티어라. 그리고 머리야, 너는 마지막까지 잘 견뎌 주어야 한다. 알겠니? 나를 위해서 견디어 달란 말이다. 내가 정신을 잃은 적은 없었으니까. 이번에야말로 바싹 끌어당기고 말 테다.

그러나 노인은 녀석이 뱃전에 나란히 와 닿기도 전에 전력으로 잡아끌기 시작했다. 녀석은 약간의 저항을 보이더니 이내 전세를 가다듬은 것처럼 노인으로부터 도망치기 시작했다.

"기다려." 하고 노인이 소리쳤다.

"기다려라, 이놈아! 결국에 너는 죽을 운명이니까. 아니면 네가 나를 죽이겠단 말이냐?"

그게 다 무슨 소용이란 말인가, 하고 노인은 생각했다.

그는 입속이 너무 바싹 말라 버려서 말도 제대로 나오지 않았다. 이제는 물병에다 손을 뻗을 기운조차 없었다.

이번에는 저놈을 뱃전에 나란히 붙여 버리고 말아야지, 하고 노인은 생각했다.

더 이상 선회하게 되는 날엔 내가 견디지 못할 것 같구나.

아니다, 그럴 리가 없다, 하고 노인은 스스로를 타일렀다.

나는 영원히 끄떡없을 거야!

다음번 선회를 시작했을 때 녀석은 거의 노인의 손아귀에 들어온 것 같았다. 그러나 녀석은 또다시 기운을 차리고는 몸을 곧추세운 채 천천히 도망가 버렸다.

이놈, 네가 나를 죽일 속셈이로구나, 하고 노인은 생각했다.

그러나 네게도 그럴 권리는 있겠지. 그런데 이 친구야, 나는 지금까지 너처럼 거대하고, 너처럼 아름답고, 또 너처럼 침착하고 고결한 놈은 처음 봤구나. 자, 그럼, 이리 와서 나를 죽이려무나, 어느 편이 상대방을 죽이건 그건 내가 알 바 아니다.

안 되겠어. 머리가 혼란해지는데, 하고 노인은 생각했다.

머리를 맑게 해야겠군. 머리를 맑게 해서 어떻게 하면 사나이답게 고통을 견딜 수 있는가를 알아야지.

그렇지 못하다면 고기나 마찬가지야, 하고 노인은 생각했다.

"정신을 차리라니까, 머리야! 정신을 바짝 차리라니까, 글쎄." 하고 노인이 스스로에게 말했으나, 자신의 귀에도 잘 들리지 않는 목소리였다. 게다가 녀석이 두 번 더 선회를 했으나, 역시 마찬가지 사태가 반복되었다.

어떻게 된 일일까, 하고 노인은 생각했다. 노인은 매번 기절할 뻔했다.

모를 일이야. 그러나 한 번 더 해 봐야지.

노인은 한 번 더 시도해 보았다. 그러나 노인이 녀석을 뒤집었다고 생각한 순간, 또다시 의식이 아찔해 오는 걸 느낄 수 있었다. 녀석은 또다시 몸을 세우고서 커다란 꼬리를 물 위로 내놓은 채 천천히 달아나 버렸다.

또 한 번 해 봐야지, 하고 노인은 다짐했다.

그러나 손에서는 힘이 빠져 버리고 이내 흐느적거렸다. 게다가 현기증이 일어나면서 이따금 주위가 뿌옇게 흐려지곤 했다. 노인은 다시 한 번 해 보려고 애를 썼다.

마찬가지야, 하고 노인은 생각했다. 시작도 하기 전에 의식이 몽롱해지는 걸 느낄 수 있었다.

또 한 번 해 봐야지.

노인은 남은 모든 힘을 다 짜냈다. 그리고 먼 옛날의 자부심까지도 불러일으켜 녀석의 마지막 고통과 그것이 대결하도록 만들었다. 녀석이 겨우 노인에게 다가왔다. 천천히 노인 곁으로 헤엄쳐 온 녀석의 부리가 뱃전에 거의 닿을 정도였다. 녀석은 하마터면 뱃전을 스치고 지나갈 뻔했다. 끝없이 길어 보이는데다 두텁고 넓었다. 은색으로 반짝이는가 하면 자색의 무늬를 두른 채 물속에서 끝없는 넓이를 뽐냈다.

그때 노인은 줄을 놓고 한쪽 발로 그것을 딛고 서서는, 작살을 높이 치켜들었다가 마지막 힘을 짜내는 듯 녀석의 옆구리에 꽉 꽂았다. 바로 가슴지느러미 뒷부분이었다. 그 부분이 노인의 가슴 높이만큼 물 위로 떠 올라와 있었던 것이다.

뾰족한 쇠가 고기의 살을 뚫고 들어가는 걸 노인은 느낄 수 있었다. 노인은 덮치는 듯이 몸의 중량을 쏟으면서 녀석의 몸뚱이 깊숙이 작살을 박았다.

녀석은 죽음의 상처를 입고서도 갑자기 생기를 다시 찾은 것처럼 보였다. 이제 고기는 수면 높이 전신을 드러낸 채 그 힘과 아름다움을 아낌없이 과시했다. 한순간 배 안에 서 있는 노인보다도 높이 하늘로 치솟았는가 하면, 다음 순간에는 물속으로 자취를 감추어 버렸다.

철썩 하는 소리와 더불어 물보라가 노인과 배 위에 왈칵 쏟아져 내렸다.

노인은 의식이 몽롱해지고 속이 메스꺼워지면서 앞이 잘 보이지 않았다. 더욱이 거친 두 손으로 작살의 밧줄을 천천히 풀어 주고 있었다. 겨우 눈앞이 보이기 시작했을 때는 녀석이 물 위에 은색 배를 드러낸 채 벌렁 자빠져 떠 있었다.

작살 자루가 비스듬히 녀석의 어깨에 불쑥 꽂혀 있었다. 바다는 녀석의 심장에서 뿜어 나오는 피로 사방이 온통 붉게 물들어 갔다. 피가 처음에는 깊이가 1마일(약 1.6킬로미터:옮긴이) 이상이나 되는 푸른 물에 고기 떠처럼 시커멓게 보였다가 이윽고 구름처럼 퍼져 나갔다. 파도 속에서 고기는 은빛 배를 드러낸 채 조용히 물결치는 대로 둥둥 떠 있었다.

노인은 자기가 흘끗 보았던 대상을 다시금 확인하려는 듯이 조심스럽게 바라보았다. 이윽고 노인은 작살을 이물 말뚝에다 두 번 감아 놓고, 두 손으로 머리를 감쌌다.

"머리를 식혀야겠어."

이물 쪽 뱃전에 몸을 기대면서 노인이 말했다.

"나는 지쳐 버린 늙은이니까. 게다가 나는 내 형제뻘이 되는 고기를 죽였으니 이제부터는 천박한 노동만이 남았군."

이제 이놈을 배와 나란히 묶어 두기 위해 올가미와 줄을 준비해야겠지, 하고 노인은 생각했다.

설사 지금 사람이 둘 있다고 하더라도, 이놈을 배에다 싣고 물이 고이면 퍼낸다고 할지라도 도저히 이 배에 고기를 실을 수는 없겠는걸. 모든 준비를 갖추고 난 다음에 고기를 배에다 잘 비끄러매고서 돛대를 세워 올리고 돌아가야겠어.

노인은 뱃전으로 고기를 끌어당기기 시작했다. 그래서 아가미로부터 입으로 밧줄을 꿰어서 머리를 이물에다 비끄러매 놓을 작정이었다.

이놈을 직접 똑똑히 보고 만지고 그리고 더듬어 보고 싶구나. 이 녀석은 나의 재산이니까 말이야, 하고 노인은 생각했다.

하지만 내가 이놈을 만져 보고 싶은 건 그 때문만은 아니지. 나는 벌써 이놈의 심장을 만져 보지 않았는가 말이야. 그건 내가 두 번째로 작살을 마구 찔러댔을 때였을 거야. 자, 이제야말로 이놈을 바싹 잡아당겨서 꼬리와 배에다 올가미를 하나씩 씌우고 단단히 배에다 묶어 놓아야겠구나.

"이 늙은이야, 일을 시작하지, 그래!"

노인이 말했다. 그리고는 물을 한 모금 들이켰다.

"이제 싸움을 끝냈으니 해야 할 천박한 노동이 산더미
처럼 기다리고 있구나."

노인은 하늘을 쳐다보고 다시 녀석을 바라다보았다. 그
리고 또 태양도 조심스럽게 바라보았다.

정오가 지난 지 그리 오래지 않구나, 하고 노인은 생각
했다. 더불어 무역풍이 일기 시작했다.

이제는 낚싯줄은 아무래도 좋아. 집으로 돌아가거든 그
애와 함께 둘이서 풀어 가지고 다시 이으면 되겠지.

"자, 이리 오너라." 하고 노인은 녀석을 향해 소리쳤다.
그러나 고기 녀석은 오지 않았다. 벌떡 누운 채로 녀석은
물 위에 둥둥 떠 있었다. 오히려 노인이 고기에게로 배를
저어갔다.

녀석을 눈앞에서 보고, 그 머리를 이물에다 비끄러맨 지
금도 노인은 고기의 크기를 믿을 수가 없었다. 그러나 노
인은 작살 밧줄을 말뚝에서 풀어 고기의 아가미로부터 턱
으로 빼내고, 창날처럼 뾰족한 주둥이를 한 번 감고, 그러

고 나서 다시 왼쪽 턱으로 꿰어서 한 번 주둥이를 감고, 그 끝을 오른쪽 아가미에서 나온 줄과 얽어매고 나서 이물 쪽 말뚝에다 단단히 묶었다.

밧줄을 끊고 나서 노인은 이번에는 꼬리를 매려고 고물 쪽으로 갔다. 고기의 색깔은 원래의 자색과 은색으로부터 순전한 은색으로 바뀌었다. 그리고 줄무늬는 꼬리와 같은 엷은 보랏빛을 띠고 있었다. 줄무늬는, 그 폭이 손가락을 활짝 편 사람의 손 넓이만했다. 눈은 잠망경의 반사경처럼, 혹은 의식儀式에 참석한 성직자의 눈처럼 무표정했다.

"이렇게 하지 않고서는 고기를 죽일 수 없었지."

노인이 말했다. 물을 마시고 난 후부터 노인은 한결 기분이 좋았다. 기절하지도 않을 것이며 머리도 맑다는 걸 알고 있었다.

이놈은 보아하니 1,500파운드(약 700킬로그램:옮긴이)는 넘을 듯하군. 어쩌면 무게가 더 나갈지도 몰라. 삼분의 이를 고기로 만들어서 1파운드에 30센트를 받는다면, 돈이 얼마나 생길까?

"계산을 하자면 연필이 있어야겠는데." 하고 노인이 말했다.

내 머리가 또다시 이상한가 본데, 그러나 위대한 디마지오 선수도 오늘의 나를 자랑할 만할 거야.

뼈의 병은 없었다. 그러나 손과 등은 정말 아팠었다.

뼈의 병은 뭣일까, 하고 노인은 생각했다.

우리들이 알지 못하고 있지만, 아마 우리도 그런 병을 가지고 있는지도 모르지.

노인은 고물과 이물에, 그리고 뱃전에다 녀석을 단단히 동여맸다. 고기가 너무 컸기 때문에 또 한 척의 배를 나란히 갖다 붙인 것 같았다.

노인은 줄을 한 가닥 끊어 냈다. 그리고 고기의 아래턱을 주둥이에 잡아맸다. 입이 열리지 않도록 하기 위해서였다. 그렇게 함으로써 배가 더 잘 달릴 수 있었다. 그 일이 끝난 다음, 노인은 돛대를 세우고 갈고릿대와 가름대를 가지고서 누덕누덕 기운 돛을 만들었다.

노인의 고깃배가 움직이기 시작했다. 노인은 고물 쪽에 반쯤 드러누워서 남서쪽을 향해 나갔다. 노인은 나침반 따위가 없어도 남서쪽이 어느 방향인지 알고 있었다. 무역풍이 불고 있는데다가 돛이 끌려가는 것만 보아도 금방 알아차렸다.

꾐낚시라도 달아서 낚싯줄을 물속에 드리워 놓는 것이 좋겠어, 하고 노인은 생각했다.

뭔가를 먹어야 했고 또 목을 축이기 위해서도 마셔야 했다. 그러나 꾐낚시는 찾지 못했다. 고등어도 벌써 거의 다 썩어 버려서 못 쓰게 되어 버렸다. 할 수 없이 노인은 지나가던 누런 해초를 갈고릿대로 건져 올려서 배 안에다 털었다. 그러자 해초 속에 있던 잔 새우 *small shrimps*들이 배의 밑바닥에 떨어져 내렸다. 10여 마리 이상이나 되는 듯했다. 그것들은 마치 갯벼룩처럼 팔딱팔딱 뛰었다.

노인은 엄지와 집게손가락으로 그것들의 머리를 잘라내고는 껍질과 꼬리까지 잘근잘근 씹어 먹었다. 그것들은 매우 작은 새우였지만, 영양가가 있음을 노인은 잘 알고 있었다. 게다가 맛도 좋았다. 노인의 물병 속에는 아직 두어 모금의 물이 남아 있었다. 노인은 잔 새우를 먹고 난 다음에 그 물의 반을 마셨다.

커다란 짐을 싣고 있는 셈치고는 노인의 고깃배는 잘 달렸다. 팔 밑에 끼고 있는 손잡이로 노인은 방향을 잡고 있었다. 그래서 고기를 잘 볼 수 있었다.

노인은 손을 펴 물끄러미 내려다보고는 그물에 닿는 둥

의 아픔을 느껴 보고서야 이것이 정말 있었던 일이며 꿈이 아니라는 걸 깨달을 수 있었다.

한번은 고기와의 싸움이 끝날 무렵에 몸이 몹시 피로하고 의식이 가물거렸을 때 노인은 꿈을 꾸고 있는 게 아닌가 하고 생각했었다. 그때 고기가 물 위로 뛰어올라서 물속으로 떨어지기 전에 공중에 걸려 있는 걸 본 순간, 이것은 무슨 기적 같은 일이 일어난 거라 생각했고, 도저히 그 광경을 믿을 수가 없었다. 그리고 지금은 눈이 잘 보이고 있지만 그때는 눈도 잘 보이지 않았던 것이다.

이제 노인은 모든 게 현실이라는 걸 알 수 있었다. 고기가 있는 것을 알았고, 손과 등이 아파 꿈이 아니라는 것을 알 수 있었다.

손은 빨리 나을 게야, 하고 노인은 생각했다.

깨끗이 피도 말라 버렸어, 소금물이 낫게 해 줄 거야. 이곳의 깊은 바닷물은 진짜 잘 듣는 약이지. 내가 지금 해야 할 일은 정신을 똑바로 차리고 있는 것뿐이야. 손이 할 일은 끝났고, 우리들은 지금 무사히 항구로 돌아가고 있는 중이지. 녀석도 지금 입을 굳게 다문 채 꼬리를 위로 똑바로 세우고서 마치 형제라도 되는 것처럼 우리는 이렇게 나란히 돌아가고 있지 않은가 말이야.

여기까지 생각했을 때, 노인의 머리가 다시 약간 흐려지기 시작했다.

녀석이 나를 데리고 가는 것인가, 아니면 내가 녀석을 데리고 가는 것인가, 하고 노인은 생각했다.

내가 고기를 뒤에다 끌고 가고 있는 거라면 문제는 없어. 아니, 고기가 지금 배 안에 있다면, 그리고 그놈이 모든 위엄을 잃어버린 채 늘어져 있다면 역시 아무런 문제는 없을 거야.

그러나 그들은 지금 나란히 서로 묶인 채, 같이 항해하고 있는 셈이었다.

만일 녀석이 나를 데리고 가는 거라면 그렇게 하도록 내버려두는 거지, 하고 그는 생각했다.

다만 내가 제 놈보다 꾀가 많다는 것뿐이겠지. 그리고 저놈은 내게 아무런 적의도 가지고 있는 게 아니니까.

그들은 순조롭게 항해를 계속했다. 노인은 손을 소금물에 담근 채 정신을 똑바로 차리려고 애를 썼다. 하늘 높이 적운이 떠 있고, 다시 그 위로 엷은 권운이 드넓게 흐르고 있었다. 그래서 노인은 미풍이 밤새도록 불 것이라 짐작할 수 있었다. 노인은 이것이 꿈이 아니라는 걸 확인이라도 하려는 듯 줄곧 고기를 바라다보았다. 최초의 상어가 습격해 온 것은 한 시간 후의 일이었다.

상어는 우연한 일이 아니었다. 검은 피구름이 1마일 가량이나 되는 깊은 바닷속으로 조용히 퍼져 나갔을 때부터 상어는 이미 노인과 녀석의 뒤를 쫓고 있었다.

상어는 무섭게도 빨리, 그리고 아주 예기치 않게 떠올라 왔다. 푸른 물을 가르며 뛰어올라 햇살을 받고는 다시 물속으로 들어가서 피 냄새를 찾아낸 듯 노인의 고깃배가 가는 항로를 따라오는 것이었다.

상어는 이따금 냄새를 잃어버리기도 했다. 그러나 이내 냄새를 찾아내고 황급히 추적해 왔다. 마코 상어*Mako shark* 는 덩치가 아주 크고 바다에서는 가장 빨리 헤엄칠 수 있는 녀석이었다.

그놈은 주둥이를 제외하고는 모든 것이 아름답게 생긴 녀석이었다. 황새치처럼 푸른 등에다 배는 은빛이다. 게다가 껍질은 부드럽고 아름답다. 커다란 턱을 제외한다면 일반 황새치와 다를 바가 없다.

지금 그 주둥이를 꽉 다문 채 등에 있는 높은 지느러미는 움직이지 않고 물을 가르듯 헤엄쳐 나갔다. 이중으로 된 입술 안쪽에는, 여러 줄로 된 이빨이 안으로 비스듬히 박혀 있다. 마코 상어의 이빨은 대부분의 상어처럼 피라밋형의 보통 이빨이 아니다. 그것들은 사람 손가락을 매 발톱처럼 오그렸을 때의 모양과 똑같다. 그것들은 또한 노인의 손가락 길이만하다. 그리고 양쪽이 면도칼 날처럼 날카롭다. 바다에 있는 어떤 고기건 모조리 잡아먹을 수 있도록 만들어진 그런 모양의 상어다.

게다가 이놈들은 속력이 빠르고 힘이 세고 무기가 우수했기 때문에 적이 없다. 그놈들은 지금 더욱 신선한 피 냄새를 맡고 추적해 온 것이다. 푸른 지느러미가 획획 물을 가르면서 달리고 있다.

이놈이 다가오는 걸 보았을 때, 노인은 이내 상어라는 것을 알 수 있었다.

이놈이야말로 바다에서는 아무것도 두려운 게 없는, 자기 하고 싶은 대로 하는 놈이지, 하고 노인은 생각했다.

노인은 상어가 다가오는 걸 지켜보면서 작살을 준비하고, 밧줄을 단단히 동여맸다. 그러나 고기를 배에 동여매느라고 끊어 썼기 때문에 밧줄이 턱없이 짧았다.

노인의 머리는 맑을 대로 맑았다. 게다가 전신에 결의마저 넘쳐흘렀다. 그러나 희망은 거의 가지고 있지 않았다.

좋은 일은 오래가는 법이 없군, 하고 노인은 생각했다.

노인은 상어가 다가오는 걸 지켜보면서 큰 고기를 흘끗 바라보았다.

차라리 꿈이었으면 좋았을걸, 하고 노인은 생각했다.

상어가 공격해 오는 걸 막을 수는 없지만, 혹시 내가 그놈을 잡을 수 있을지도 모르겠군.

아무래도 덴투소 *Dentuso*(이빨이 크고 고르지 않은 상어의 일종: 옮긴이) 같아, 하고 노인은 생각했다.

이 망할놈의 자식 같으니.

상어는 재빨리 고물 쪽에 다가왔다. 그놈이 큰 고기를 공격했을 때, 노인은 쩍 벌린 놈의 입을 볼 수 있었다. 눈알이 이상스런 빛을 발하고 있었다. 이빨이 쩔걱 하는 소리를 내면서 큰 고기의 꼬리 부분을 물어뜯는 게 보였다. 상어의 머리가 물 밖으로 불쑥 올라왔고 등도 보였다. 노인이 상어의 머리와 두 눈 사이를 연결하고 있는 선과 코로부터 등 쪽으로 뻗어 나간 선이 교차하는 한 점에다 작살을 꽂았을 때, 습격당한 큰 고기의 껍질과 살점이 찢기는 소리가 들렸다. 물론 상어는 그런 선이 있을 리가 없었다. 다만 크고 뾰족한 주둥이와 푸른 머리와 커다란 눈알과, 그리고 모든 것을 삼켜 버리는, 튀어나온 짤깍거리는 소리가 나는 주둥이가 있을 따름이었다. 그러나 바로 그 부분이 상어의 골이 들어 있는 부분이었다.

노인은 어김없이 그 부분에다 작살을 내리꽂았다. 피 묻은 손으로 작살을 잡고서 노인은 있는 힘을 다해 또 한 번 내리꽂았다. 노인에게는 전혀 희망이 없었다. 있는 것이라고는 다만 결의와 완벽한 적의뿐이었다.

상어는 온몸을 부르르 떨었다. 노인은 상어의 눈을 보고서 이제는 살아 있지 않다는 걸 알아차릴 수 있었다. 상어는 다시 한 번 뒹굴더니 제 몸을 두 번이나 밧줄로 감아 버렸다.

노인은 상어가 죽으리란 것을 알았으나, 상어는 자신의 죽음을 받아들이려 하지 않았다. 상어는 뒤집혀 배를 드러낸 채 꼬리로 물을 치면서 아가리를 짤깍거리며 몸부림을 쳤다. 꼬리가 수면을 후려치는 곳에서는 하얀 물보라가 튀었고 밧줄이 조여들면서 마침내 끊어졌을 때는 몸의 사분의 삼이 물 밖으로 드러났다.

잠시 동안 상어는 수면 위에 조용히 떠 있었다. 노인은 상어를 유심히 지켜보았다. 이윽고 상어는 천천히 물속으로 가라앉아 버렸다.

"저놈이 약 40파운드(약 18킬로그램·옮긴이)는 뺏어 갔군."

노인이 큰 소리로 지껄였다.

게다가 저놈은 내 작살이랑 밧줄도 모조리 가져가고 말았어, 하고 노인은 생각했다.

그리고 나의 큰 고기가 또다시 피를 흘리고 있으니 다른 상어들이 떼로 몰려오겠는걸.

노인은 더 이상 병신이 되어 버린 고기를 바라볼 생각이 없어지고 말았다. 고기가 공격을 받았을 때, 노인은 자신의 몸이 꼭 공격받는 것 같았다.

하지만 나는 나의 소중한 고기를 공격한 상어를 죽였어, 하고 노인은 생각했다.

그놈은 내가 지금까지 보아 온 것 중에서도 가장 큰 덴투소였으니까 말이야. 그리고 정말이지 큰 상어를 내가 많이 보아 왔었다는 건 의심할 여지가 없으니까.

좋은 일은 오래가지 않는 것 같구나, 하고 노인은 생각했다.

그것이 차라리 꿈이었으면 좋았을 것을. 그러면 고기 따위는 잡지 않아도 좋았을 테고. 나는 침대 위에 신문지를 깔고 홀로 누워 있었을 텐데…….

"그러나 인간은 패배하도록 태어난 것은 아니다." 하고 노인은 중얼거렸다.

"인간은 죽을 수 있지만 패배하지는 않는다."

그런데 내가 고기를 죽인 건 정말 안된 일이야, 하고 노인은 생각했다.

이제부터 정작 어려운 일이 닥쳐올 텐데 나는 작살마저 잃어버리고 말았으니……. 그런데 덴투소란 놈은 무척 잔인한데다 힘이 세고 영리한 놈이군. 하지만 내가 그놈보다야 영리하지.

아니 그렇지 않을지도 몰라, 하고 노인은 생각했다.

내가 그놈보다는 무장이 좀 더 잘 되어 있었던 때문인지도 모르지.

"늙은이, 너무 생각하지 말라고."

노인이 큰 소리로 외쳤다.

"이대로 배를 달리다가 상어가 습격하면 맞닥뜨려 보는

수밖에 없잖겠어."

하지만 나는 계속해서 생각을 해야만 해. 왜냐하면 내게
남은 것이라고는 그것밖에 없으니까. 그것하고 야구밖에
없으니까 말이야. 그런데 저 위대한 디마지오 선수가 내가
상어의 골통을 찌르는 걸 보았다면 뭐라고 했을까?

그야 대단한 솜씨라고는 할 수 없지, 하고 노인은 생각
했다.

누구나 할 수 있는 일이니까 말이야. 하지만 내 손이 발
뒤꿈치가 아픈 것과 같은 정도의 불리한 조건을 가지고 있
었다는 걸 알고는 있겠지? 그야, 내가 알 수가 없는 일이
지. 내가 발뒤꿈치를 다쳤던 건 헤엄을 치다가 가오리를
밟았을 때였지. 가오리란 놈이 내 발뒤꿈치를 찔러서 무릎
아래가 마비되고 참을 수 없는 고통을 당한 일이 있었지.

"이 늙은이야, 뭔가 좀 유쾌한 일을 생각하지 그래."

노인이 중얼거렸다.

"이제는 시시각각 집으로 가까이 다가오고 있지 않는가
말이야. 고기 무게가 40파운드나 가벼워졌기 때문에 배가
그만큼 가볍게 달릴 수 있게 되지 않았는가 말이야."

노인은 배가 조류의 한가운데로 가까이 다가왔을 때 어

떤 일이 일어나게 되는가를 잘 알고 있었다. 그러나 노인은 이제 어떻게 할 수가 없었다.

"아니야, 방법은 있어."

노인이 큰 소리로 말했다.

"노의 손잡이에다 나이프를 단단히 매 두면 되겠다."

그래서 노인은 당장에 그 일을 시작했다. 겨드랑이 밑에는 키를 끼고 있었으며, 발은 돛 자락을 밟고 있었다.

"자, 됐다!"

노인이 말했다.

"나는 여전히 늙은이야, 하지만 전혀 무장이 없는 건 아니구나."

미풍이 다시 상쾌하게 불기 시작하고, 배는 미끄러지듯 잘 달려 나갔다. 노인은 고기의 전반신만을 보려고 했다. 그러자 약간의 희망이 되살아났다.

희망을 버린다는 건 어리석은 일이야, 하고 노인은 생각했다.

뿐만 아니라 그건 죄라고!

죄에 대해서는 생각지 말아야지, 하고 노인은 생각했다.

죄가 아니더라도 그 밖에 생각해야 할 일이 산더미처럼

있으니까 말이야. 게다가 죄가 뭔지에 대해서는 내가 알
까닭이 없지. 죄가 뭔지에 대해 내가 알 수도 없거니와, 나
는 죄를 믿는다고도 할 수 없거든.

그렇지만 아마도 고기를 죽인다는 건 죄가 될 거야. 또
내가 먹고 살아가기 위해서, 그리고 많은 사람들을 먹여
살리기 위해 한 짓이라 할지라도 죄는 죄일 거야. 그러나
그렇다면 모든 것이 죄가 될 테지.

죄에 대해서는 생각지 말기로 하자. 그런 생각을 하기에
는 무엇보다도 때가 너무 늦었다. 그런 생각을 함으로써
돈을 받는 사람도 있으니까 말이야. 죄는 그런 사람들에게
생각하라는 거다. 너는 어부로 태어난 거야. 마치 물고기
가 물고기로 태어난 것처럼 말이지. 성 베드로 *San Pedro*도
어부였었지. 위대한 디마지오 선수의 아버지도 어부였었
고 말이야.

그러나 노인은 자신과 관련된 모든 일에 대해서 여러 가
지로 생각해 보기를 좋아했다. 게다가 읽을 책도 없고 라
디오도 없었기 때문에 생각해 볼 일도 많았고, 더구나 죄
에 대해서 계속 생각하고 있었다.

네가 고기를 죽인 건 다만 먹고 살기 위해서, 또는 식량

으로 팔기 위한 것만은 아닌 거야, 하고 노인은 생각했다.

너는 자부심 때문에 그 고기를 죽였던 게지. 네가 어부이기 때문에 죽인 거라고. 너는 고기가 아직 살아 있을 때도 그놈을 사랑했고, 또한 그놈이 죽은 후에도 사랑했었잖은가 말이야. 그러니 만약에 네가 그것을 사랑한다면 죽이는 건 죄가 아닌 게야. 아니 더욱더 무거운 죄가 될까?

"이 늙은이야, 생각이 너무 많군, 그래." 하고 노인이 큰 소리로 지껄였다.

하지만 너는 덴투소를 죽였을 때 즐기고 있었지, 하고 노인은 생각했다.

그놈은 너와 꼭 마찬가지로 산 고기를 먹고 살아가는 놈이지. 그놈은 썩은 고기를 먹는 거지가 아니란 말이야. 그리고 어떤 상어처럼 게걸스럽게 먹기만 하는 식욕의 화신도 아니란 말이야. 그놈은 아름답고, 고결하고, 아무런 두려움도 모르는 고기였단 말이야.

"그러나 나는 정당방위를 위해서 그놈을 죽인 셈이야. 그리고 나는 그놈을 잘 죽인 거고 말이야."

노인이 큰 소리로 말했다.

게다가 또, 하고 노인은 생각을 이어 나갔다.

모든 것은 무언가 다른 걸 죽이며 살아가고 있는 게 아닌가 말이야. 그리고 고기잡이가 나를 살리고 있는 것과 꼭 마찬가지로 또한 나를 죽이고도 있는 셈이지. 나를 살리는 건 그 애일지도 모르지, 하고 노인은 생각했다.

나 자신을 너무나 속여서는 안 되지…….

노인은 뱃전으로 몸을 내밀고는 손을 뻗어 상어가 물어뜯다 만 고기의 살점을 잡아뗐다. 노인은 그 고깃점을 씹으면서 고기의 질과 맛을 음미했다.

쇠고기처럼 단단하고 물기가 많았다. 그러나 빛깔이 붉지는 않았다. 심줄도 거의 없는데다 시장에 내가면 아주 비싼 값을 받을 수 있으리란 걸 알 수 있었다. 그러나 물속의 냄새를 지울 수 있는 방법은 없었다. 노인은 최악의 사태가 다가오고 있다는 것도 알게 되었다.

계속해서 미풍이 불어오고 있었다. 풍향은 약간 북동쪽으로 물러나는 듯했으나 바람이 자 버리지는 않으리라 노인은 믿고 있었다.

그는 멀리 앞쪽을 바라다보았다. 돛의 그림자 하나, 배의 그림자 하나도 보이지 않았다. 배에서 피어오르는 연기

같은 것도 보이지 않았다. 다만, 이물 쪽에서 이리저리 날아다니는 날치와 점점이 떠다니고 있는 누런 해초 무더기가 보일 뿐이었다. 심지어 새 한 마리 볼 수 없었다.

고물 쪽에 몸을 기대고 앉아서 휴식을 취하다가 원기를 돋울 생각으로 마린을 가끔씩 뜯어 씹으면서 두 시간 가량 항해했을 때였다. 그때 노인은 두 마리의 상어 가운데 앞선 놈을 보았다.

"아이 *Ay*!"

노인이 큰 소리로 외쳤다. 이 말소리의 뜻을 해석할 길이 없었다. 어쩌면 이 소리는 손바닥이 널빤지와 함께 못질을 당했을 때 사람이 무의식적으로 말하게 되는 그런 목소리일지도 몰랐다.

"갈라노 *Galano*야!" 하고 노인이 큰 소리로 말했다.

노인은 첫 번째 상어 뒤에 곧 이어 두 번째 상어가 바싹 따라오는 걸 보았다. 갈색으로 된 삼각형 지느러미와 휩쓸고 가는 듯한 꼬리의 움직임 때문에 삽 모양의 콧등을 가진 상어라는 걸 알 수 있었다.

놈들은 피 냄새를 맡고는 어쩔 줄 모르고 있었다. 너무나 배가 고파서 가끔 멍청하게도 냄새를 잃어버리곤 했다.

그러나 다시 냄새를 맡고는 흥분해서 어쩔 줄을 몰랐다. 이렇게 상어는 점점 더 가까이 다가오고 있었다.

노인은 재빨리 돛을 배의 횡목橫木에다 비끄러맸다. 그리고 키가 움직이지 않도록 단단히 고정시켰다. 그러고 나서 나이프를 매 두었던 노를 들고 일어섰다. 노인은 될 수 있는 대로 살며시 그것을 치켜들었다. 왜냐하면 손이 아파 마음대로 움직여지지가 않았기 때문이었다.

노인은 노를 쥔 채 교대로 두 손을 폈다 쥐었다 하면서 아픔을 풀어 보려고 애를 썼다. 노인은 노를 힘껏 움켜쥐었다. 격렬한 아픔이 느껴졌다. 그러나 노인은 물러서지 않았다. 두 마리의 상어가 가까이 다가오고 있는 걸 지켜볼 뿐이었다.

넓적한 삽처럼 생긴 녀석의 머리통이 보였다. 끝이 희고 넓은 가슴지느러미도 보였다. 고약한 종류의 상어였다. 놈들은 항상 고약한 악취를 내뿜고 있으며, 청소부처럼 썩은 고기를 찾아 헤매곤 했다. 이를테면 살인 상습범이다. 배가 고프면 노도 좋고 키도 좋고 아무거나 물어뜯는 놈들이다. 바다거북이 물 위에서 졸고 있을 때 그 다리를 잘라먹고는 달아나는 게 바로 이놈들이다.

이놈들은 배가 고프면 수영 중인 사람도 습격한다. 사람에게 고기의 피비린내가 묻어 있건, 아니면 생선 비린내가 묻어 있건 없건 놈들에게는 아무 상관도 없는 것이다.

"아이!" 하고 노인이 또다시 큰 소리로 외쳤다.

"자, 갈라노야, 이 망할 놈의 갈라노, 덤벼라!"

상어가 다가왔다. 그러나 이놈들은 마코 상어처럼 접근해 오지는 않았다.

그중 한 놈이 갑자기 몸을 뒤집고 배 밑으로 자취를 감추어 버렸다. 노인은 배가 흔들리는 걸 느낄 수 있었다. 상어가 고기를 물어뜯기 시작했던 것이다. 또 한 놈은 가늘게 찢어진 눈으로 빤히 노인의 동정을 살폈다.

그러나 다음 순간, 그놈도 반원형의 주둥이를 쩍 벌리고서 잽싸게 고기를 덮쳤다. 그 부분은 전에 한 번 물어뜯긴 부분이었다. 갈색의 머리통과 등이 선명한 선을 나타내고 있었다. 뇌와 척추가 연결된 부분이었다.

노인은 그곳을 향해서 노 끝에 달린 칼을 푹 찔렀는가 싶더니 이내 번개처럼 빨리 뽑아서 이번에는 고양이처럼 노란 눈알을 향해 내리찔렀다. 상어는 고기를 물고 떨어져 나갔다. 죽음을 눈앞에 두고도 물어뜯은 고기를 삼키고 있는 게 보였다.

노인의 고깃배는 여전히 흔들리고 있었다. 또 다른 한 녀석이 배 밑에서 고기를 물어뜯고 있는 중이었다. 노인은 잽싸게 돛의 줄을 풀자 배가 옆으로 돌면서 상어의 전신이 드러났다.

노인은 느닷없이 뱃전으로 몸을 내밀어서는 상어에게 일격을 가했다. 그러나 급소를 빗나가고 말았다. 다만 상어의 동체를 힘껏 찔렀을 따름이었다. 상어의 껍질은 딱딱해서 칼이 뚫고 들어가지 못했다. 어찌나 세차게 찔렀는지 노인은 손만이 아니라 어깨까지 아팠다.

상어는 이내 물 밖으로 머리를 내밀었다. 상어의 콧등이 물 밖으로 나타나 고기를 물어뜯고 있을 때, 노인은 간격을 두지 않고 그놈의 평평한 정수리 한가운데를 정통으로 찔렀다. 노인은 칼을 뽑아 다시 똑같은 곳을 찔렀다.

녀석은 여전히 갈고리 같은 주둥이로 고기한테 매달려서 물어뜯고 있는 중이었다. 이번에는 그놈의 왼쪽 눈을 푹 쑤셨다. 그래도 여전히 상어는 고기한테 매달려 있을 따름이었다.

"그래도 모자라?" 하고 외치면서 노인은 녀석의 척추와

뇌 사이를 향해 칼날을 내리찔렀다.

이번에는 힘이 덜 들었다. 연골이 부르르 떨리면서 갈라지는 걸 노인은 손으로 느낄 수 있었다. 노인은 노를 거꾸로 해서 상어의 아가리 속에다 칼날을 틀어넣고는 아가리를 찢어서 여는 것처럼 노를 한 바퀴 뒤틀었다. 그러자 녀석이 스르르 미끄러져 내렸다. 노인은 상어에게 욕설을 퍼부었다.

"잘 가라, 이놈아, 이 갈라노야! 바다 밑 한 마일 깊이까지 내려가거라. 가서 네 친구나 만나 보거라, 아니 그것이 네 놈의 어미였는지도 모르겠다."

노인은 칼날을 닦고는 노를 내려놓았다. 그리고는 돛의 줄을 동여매고서 바람을 돛에 가득히 싣고 해안을 향해 달리기 시작했다.

"놈들이 고기의 사분의 일은 가져갔군. 그것도 제일 맛있는 부분을 말이야."

노인이 큰 소리로 지껄였다.

차라리 꿈이었으면 좋았을 것을……. 그리고 너를 낚아 올리지 않았으면 좋았을 걸 그랬구나, 고기야! 너에게는 정말 미안하구나. 너를 낚아 올린 것이 애당초 잘못이었어.

노인이 생각을 멈추자 더 이상 고기를 바라보고 싶지가 않았다. 그러나 피 흘린 거죽이 바닷물에 씻기어 거울의 뒷면처럼 은색으로 빛나고 있는 녀석의 거대한 몸뚱이를 노인은 흘끗 바라다보았다. 줄무늬만은 여전히 선명했다.

"이렇게까지 멀리 나오지 말았어야 했는데……."

노인이 녀석에게 말을 걸었다.

"너를 위해서나 나를 위해서나 무의미한 일이었구나! 미안하구나, 고기야!"

"자, 그럼!" 하고 노인은 스스로에게 말했다.

나이프를 잡아맨 곳을 점검해야지. 혹시 끊어진 데가 없는가 조사해 봐야지, 놈들이 더 밀려올 테니까 말이야. 손도 제대로 쓸 수 있게 준비해 두어야 하고 말이야.

"칼을 갈 수 있게 숫돌이 있었으면 좋았을 것을……."

노의 끝부분의 매듭을 조사하고 나서 노인이 말했다.

숫돌을 가지고 올걸 그랬어. 가지고 왔어야 할 것도 꽤나 많군, 하고 노인은 생각했다.

그러나 안 가지고 온 걸 어쩐란 말인가. 이 늙은이야, 지금은 없는 걸 생각할 때가 아니라, 있는 것으로 할 수 있는 일을 생각할 때라고.

"여러 가지로 내게 많은 충고를 해 주는 녀석이군, 그래." 하고 노인은 큰 소리로 말했다.

"하지만 이젠 그마저도 싫증이 났단 말이다."

노인은 겨드랑 밑에 키를 끼고서 배가 앞으로 항진하는 대로 물속에다 두 손을 담갔다.

"마지막 놈이 얼마나 많이 뜯어먹었는지 모르겠단 말이야."

노인이 말했다.

"하지만 덕분에 배는 훨씬 가벼워졌군."

물어뜯긴 고기의 아랫배를 노인은 생각하고 싶지가 않았다. 게다가 상어들이 부딪쳐 왔을 때마다 번번이 살이 떨어져 나갔으리라는 것과, 지금쯤 거기서 흘러나온 피가 바닷물속에다 넓은 수로水路를 만들어 놓은 채 냄새를 풍겨 상어 떼의 길잡이 노릇을 하리라는 것도 노인은 잘 알고 있었다.

이 고기 한 마리만 있으면 한 사람이 한겨울 내내 먹을 수 있을 거야, 하고 노인은 생각했다.

그런 생각은 하지 말자. 이젠 휴식이나 취하고 남은 고기나 지킬 수 있도록 손이나 제대로 잘 주물러 두도록 해야지. 이제 바다엔 피 냄새가 가득할 테니 내 손에서 나는 피 냄새는 아무것도 아닐 거야. 게다가 지금은 출혈도 대단치가 않군. 문제 삼을 만한 상처도 아니고 말이야. 출혈 때문에 왼손에 쥐도 생기지 않을 거야.

이제 나는 무슨 생각을 할 수 있을까? 아무것도 없구나. 그럼 아무 생각도 하지 말고, 다만 다음 상어를 기다리기나 하면 되는 건가.

꿈이었으면 얼마나 좋았을까, 하고 노인은 생각했다.

하지만 아무도 모를 일이지. 결과가 잘 될지도 모를 일이니까 말이야.

다음에 습격해 온 상어도 전의 것과 마찬가지로 콧등이 삽처럼 생긴 놈이었다. 그놈은 마치 돼지가 밥통에 주둥이를 갖다 대고 있는 것과도 같았다. 돼지가 그렇게 큰 입을 가졌을 리는 없었다. 사람의 머리가 그대로 쑥 들어가 버릴 만큼 녀석은 입을 크게 벌리고 다가왔다.

노인은 상어가 고기를 습격하는 걸 그대로 내버려두었다. 그러나 그놈이 물어뜯자마자 노의 끝에 매어 둔 칼을 골통에다 찔렀다. 그와 동시에 녀석이 몸뚱이를 뒤로 제치

듯 물러나는 바람에 그것마저 낚아채 갔다.

이젠 정말이지 아무것도 없구나!

노인은 먼저 자리로 되돌아와서는 키를 잡았다. 상어 쪽
은 보지도 않았다. 상어는 천천히 물속으로 가라앉았다. 처
음에는 원래의 크기로 보이다가 차츰 작아지더니 나중에
는 아주 조그마한 점이 되어 버렸다. 그런 광경은 언제나
노인을 흥분시켰다. 그러나 지금은 거들떠보지도 않았다.

"아직 갈고릿대가 있군."

노인이 말했다.

"별로 소용이 없을 테지. 하지만 노가 두 개나 있고 키
손잡이와 짤막한 곤봉도 한 개 있다고……."

이제는 놈들한테 완전히 패배하고 말았군, 하고 노인은
생각했다.

나 같은 늙은이가 곤봉으로 상어를 때려죽일 힘은 없을
테니 말이야. 하지만 노와 짧은 곤봉과 키 손잡이가 있는
한 싸워 볼 테다.

노인은 다시 두 손을 바닷물속에 담갔다. 벌써 저녁때가
가까워 오고 있었다. 바다와 하늘밖에는 아무것도 보이지
않았다. 하늘에는 조금 전보다 바람이 훨씬 세차게 불고

있었다. 노인은 곧 육지가 보이기를 바랐다.

"이 늙은이야, 자넨 지쳤단 말이야. 기진맥진해진 거나 다름없다고."

노인이 말했다.

또다시 상어 떼가 습격을 해 온 것은 해가 지기 바로 전이었다. 노인은 고기의 피가 만든 넓적한 수로를 쫓아 갈색의 지느러미 떼가 다가오고 있는 걸 볼 수 있었다. 상어 떼는 이미 냄새 따위를 찾아 헤매는 일조차 없었다. 어깨를 나란히 하고서 똑바로 배를 향해 헤엄쳐 오고 있었다.

노인은 키를 고정시키고는 돛의 줄을 동여매고서 고물 밑창에 있던 곤봉을 집어 들었다. 부러진 노를 약 2피트(약 60센티미터:옮긴이) 반 가량의 길이로 자른 노의 손잡이였다. 손잡이가 있었기 때문에 한 손으로 잘 다룰 수 있었다.

노인은 그것을 오른손으로 움켜쥐고는 손목 관절을 굽혔다 폈다 하면서 상어 떼가 다가오는 걸 지켜보았다. 두 마리의 갈라노 상어가 다가오고 있었다.

우선 먼저 오는 녀석이 물어뜯게 놔두자. 그렇게 내버려 두었다가 콧등이나 정수리를 정통으로 갈겨 줘야지, 하고 노인은 생각했다.

두 마리의 상어는 바싹 붙어서 다가왔다. 첫 번째 놈이 입을 크게 벌리고서 고기의 은빛 옆구리로 덤벼들었을 때, 노인은 곤봉을 높이 치켜들었다가 상어의 넓적한 골통을 향해서 내리쳤다. 상어의 골통에 곤봉이 닿자 고무와 같은 탄력성이 느껴졌다. 그러나 노인은 뼈의 단단한 맛도 느낄 수 있었다. 상어가 고기로부터 스르르 물러나려는 순간, 다시 한 번 노인은 세차게 상어의 콧등을 후려갈겼다.

또 한 마리는 나타났다가 안 보이다 하다가 마침내 모습을 나타내더니 다시 입을 딱 벌리고 덤벼들었다. 녀석이 고기에게 덤벼들어 물어뜯고 입을 다물었을 때, 주둥이 가장자리에 하얀 고깃점이 매달려 있는 걸 노인은 볼 수 있었다.

노인은 있는 힘껏 그놈의 골통을 내리쳤다. 녀석은 노인을 한번 흘끗 바라보더니 고기의 살을 뜯어내려고 했다. 노인은 다시 한 번 곤봉을 내리쳤다. 그러나 그때는 상어가 고기를 삼키려 뒤로 물러나고 있었다. 노인은 다시금 곤봉을 내리쳤으나, 단단한 고무의 탄력성만을 느낄 따름이었다.

"갈라노야, 이리 와라. 다시 덤벼 봐라."

노인이 소리쳤다. 그리고는 녀석에게 덤벼들었다. 노인이 곤봉을 내리쳤을 때 상어는 주둥이를 다물어 버렸다. 이번에는 될 수 있는 대로 곤봉을 높이 치켜들었다가 내리쳤다. 그러자 상어의 골통 뒷부분의 뼈가 닿는 게 느껴졌다. 노인은 또다시 같은 곳을 향해 일격을 가했다. 상어는 천천히 고깃점을 물어뜯고는 서서히 물러났다.

노인은 상어가 다시 한 번 습격할까 하고 기다렸으나 두 놈 다 나타나지 않았다. 이윽고 한 마리가 주위를 빙빙 선회하고 있는 걸 노인은 발견할 수 있었다. 또 한 마리 상어의 지느러미는 이제 보이지 않았다.

그 정도로 죽일 수는 없었을 텐데, 하고 노인은 생각했다.

내가 한창때라면 죽일 수도 있었겠지만 말이야. 하지만 두 녀석 모두에게 심한 상처를 입히기는 했겠지. 그러니 두 마리 다 성하지는 못할 거야. 만일 내가 두 손으로 곤봉질을 할 수 있었다면. 처음의 그놈을 확실히 죽일 수 있었을 텐데. 지금이라도 말이야, 하고 노인은 생각했다.

노인은 이제 고기 쪽을 도무지 바라볼 생각조차 나지 않았다. 이미 반은 물어뜯겼으리란 걸 노인은 잘 알고 있었다.

노인이 상어 떼와 싸우고 있는 동안 해는 이미 졌다.

"곧 어두워지겠는걸."

노인이 중얼거렸다.

"그럼 아바나의 불빛도 보이겠지. 만일 너무 동쪽으로 나왔다면 낯선 해안의 불빛이 보일 게야."

이제 그리 멀지는 않았을 텐데, 하고 노인은 생각했다.

아무도 나 때문에 걱정을 하지 않았으면 좋겠는데. 물론 그 애만은 나를 걱정하고 있을 테지. 하지만 그 애는 자신 만만하게 생각하고 있을 거야. 늙은 어부들이나 내 걱정을 하고 있을 테지. 다른 사람들도 역시 걱정이 많겠지, 하고 그는 생각했다.

나는 정말 좋은 마을에 살고 있구나.

노인은 더 이상 고기에게 말을 걸 용기도 없게 되었다. 고기는 이미 거의 다 못쓰게 되어 버린 까닭이었다. 문득 어떤 생각이 떠올랐다.

"고기는 반밖에 안 돼." 하고 노인이 말했다.

"지난날의 네가 온전한 고기인 게야. 내가 너무 멀리까지 나온 게 미안하군. 내가 너와 나 둘을 모두 망쳐 버렸어.

하지만 우리들은 너와 나 둘이서 많은 상어를 죽이고 또 파멸시키지 않았느냐 말이야. 고기야, 너는 몇 마리나 죽였니? 아무 쓸데도 없이 네 머리에 뾰족한 창날 같은 부리를 달고 있는 건 아니겠지?"

노인은 이 고기를 생각하는 것이 갑자기 즐거워졌다.

만일 이 녀석이 자유롭게 헤엄쳐 돌아다닌다면, 상어하고는 어떻게 싸울까?

다시금 상상해 보는 것이었다.

싸우도록 주둥이를 잡아맨 밧줄을 풀어 줄 걸 그랬어, 하고 노인은 생각했다.

그러나 도끼도 없었고 칼도 없었다. 만일에 칼이 있어서, 노의 손잡이에다 잡아맨다면 얼마나 훌륭한 무기가 되겠는가 말이야. 그러면 우리들은 함께 싸울 수 있었을 텐데. 상어란 놈들이 밤중에 다시 습격해 오면 어떻게 할 셈이지, 대체? 어떻게 할 작정이야?

"놈들과 싸우는 거다. 죽을 때까지 싸우는 거다." 하고 노인이 큰 소리로 말했다.

그러나 이제 날은 어둡고 하늘에 비치는 훤한 달빛도 보이지 않고, 다만 바람이 불고 있을 따름이었다.

배가 천천히 돛에 끌려가는 걸 노인은 느낄 수 있었다. 노인은 자기가 죽은 것만 같이 느껴졌다. 두 손을 마주 잡고서 손바닥을 만져 보았다. 손은 아직 죽어 있지 않았다. 노인은 두 손을 폈다 오므렸다 함으로써 자신이 겨우 살아 있다는 아픔을 느낄 수 있었다. 노인은 고물에다 몸을 기댔다. 아직 죽지 않았다는 걸 노인은 알 수 있었다. 노인의 어깨가 그렇게 말해 주고 있었다.

만일 이 고기를 잡게 되면 기도를 드리겠다는 약속을 했었는데. 지금 같으면 기도의 문제도 생각할 수 있겠구나, 하고 노인은 생각했다.

하지만 너무 지쳐서 아무 말도 할 수가 없어. 그렇군, 포대를 가져다가 어깨를 덮는 게 좋겠어.

노인은 고물 쪽에 누워서 키를 잡고는 훤한 불빛이 하늘에 비쳐 오기만을 기다렸다.

고기는 반밖에 남지 않았어, 하고 노인은 생각했다.

반만이라도 선물로 가져갈 수 있다는 건 아마도 아직 내게 운이 있다는 거겠지. 아마도 운이 조금은 있는 모양이군.

"아니야." 하고 노인이 말했다.

바다에 너무 멀리 나왔던 까닭으로, 운을 망쳐 버리고

만 게야.

"어리석은 생각은 이제 그만두라고."

노인이 큰 소리로 말했다.

"정신이나 똑바로 차리고, 키나 단단히 잡고 있으라고!
이제부터 행운이 올지 그 누가 알겠어!"

하지만 노인은 곧 덧붙여 말했다.

"행운을 파는 곳이 있다면, 조금쯤은 사 왔으면 좋겠는
데……."

"하지만 뭣으로 사지?"

노인이 스스로에게 물었다.

"잃어버린 작살과 부러진 칼과 상한 이 손으로 사 올 셈
이었단 말인가?"

"살 수 있을지도 모르지."

"너는 바다에서의 84일이라는 값을 치르고 그 운이란
걸 사려고 했었잖은가 말이야. 어찌 보면 그들도 거의 팔
아 준 셈이고……."

노인이 말했다.

쓸데없는 생각은 하지 말자, 하고 노인은 생각했다.

행운이란 여러 가지 형태로 나타나는 법인데, 누가 그것

을 알아본단 말인가? 아무튼 나는 약간의 행운은 손에 넣은 셈이고, 게다가 상대방의 요구대로 값도 치르기는 한 셈이지.

하늘에 훤한 불빛이 비쳐 왔으면 좋겠구나, 하고 노인은 생각했다.

나는 지금 바라는 것이 너무 많구나. 그러나 지금 당장 바라고 있는 건 그 훤한 불빛이야.

노인은 좀 더 편한 자세로 몸을 바꾸고는 키를 잡았다. 몸으로 느껴지는 아픔 때문에 노인은 자기가 죽지 않았다는 걸 알 수가 있었다.

밤 열 시쯤 되었으리라고 생각될 무렵, 노인은 거리의 불빛이 훤히 하늘에 반사되는 걸 볼 수 있었다.

처음에는 너무 어렴풋했기 때문에 달이 뜨기 전의 하늘의 훤한 빛인 줄로만 알았다. 그러나 이윽고 때마침 거세게 불어오는 바람 때문에 크게 소용돌이치기 시작한 바다 너머로 그것은 의심할 여지 없이 거리의 불빛이라는 걸 노인은 알수 있었다. 노인은 키를 돌려 빛이 유혹하는 방향으로 배를 달리게 했다.

이제 얼마 있으면 멕시코 만류에 부딪칠 게 틀림없구나, 하고 노인은 생각했다.

이제 싸움은 끝난 거야. 상어 떼가 곧 다시 공격해 올 테지. 그러나 무기도 없이, 이 어둠 속에서 사람이 상어를 상대로 무엇을 할 수 있단 말인가?

노인의 몸은 꼿꼿해지면서 몸을 조금만 움직여도 통증이 느껴지고, 밤의 냉기와 더불어 온몸의 상처와 지나치게 사용했던 근육이 욱신거려 왔다.

더 이상 싸우지 않게 되었으면 좋으련만, 하고 노인은 생각했다.

제발 싸움이 없게 되었으면 오죽이나 좋을까.

그러나 자정 무렵에, 노인은 다시 한 번 싸워야만 했다. 이번의 싸움만큼은 헛되다는 걸 노인은 잘 알고 있었다.

상어는 떼를 지어 몰려왔다. 노인에게는 상어 떼의 지느러미가 해면에 긋는 선과 고기에게 덤벼들 때의 인광이 보일 뿐이었다. 노인은 곤봉을 마구 내리쳤다. 상어의 주둥이가 고기를 물어뜯는 소리가 들려왔다.

상어가 덤벼들 때마다 노인의 고깃배는 사정없이 흔들렸다. 노인은 느낌과 소리만을 의지해 가며 필사적으로 곤

174

봉을 휘둘렀다. 그러나 뭔가가 곤봉을 잡았다. 그 순간, 곤봉마저 어둠 속으로 사라지고 말았다.

　노인은 키에서 손잡이를 뜯어 가지고 두 손으로 그것을 잡고서 마구 닥치는 대로 후려갈겼다. 그러나 상어 떼는 이제 이물 쪽으로 몰려가서 번갈아 가며, 또는 한꺼번에 덤벼들어 고기를 뜯기 시작했다. 상어 떼가 다시금 되돌아오려고 선회했을 무렵, 고기는 바다 밑에서 하얗게 빛을 발하고 있었다.

　드디어 한 마리가 마지막으로 되돌아와서는 고기의 머리를 물어뜯었다.

　아, 이제 끝장이로구나, 하고 노인은 생각했다.

　노인은 키 손잡이를 상어의 머리통을 향해서 내리쳤다. 상어의 주둥이가 고기의 머리를 물기는 했으나, 머리 안은 뜯어내지는 못했다.

　노인은 그놈의 골통을 향해서 몇 번이고 키 손잡이를 내리쳤다. 마침내 키 손잡이마저 부러지는 소리가 났다. 그러나 노인은 부러진 끝으로 힘껏 상어를 찔렀다. 살을 뚫고 들어가는 게 느껴졌다. 부러진 막대의 끝이 뾰족하다는 걸 깨달은 노인은 다시금 상어의 몸을 향해 힘껏 찔렀다.

상어는 물었던 것을 놓고 뒹굴었다. 그놈이 몰려온 상어 떼의 마지막 녀석이었다.

녀석들이 먹을 건 이제 하나도 남아 있지 않았다. 노인은 거의 숨을 쉬기도 어려울 지경이었다. 입 속에 이상한 맛이 감돌았다. 구리를 빨고 있는 듯한 맛이었다. 달착지근한 것도 같았다. 한 순간 노인은 벌컥 겁이 났으나, 이내 사라졌다. 노인은 바다에 침을 탁 뱉었다.

"이거나 먹어라, 갈라노 새끼들아! 그리고 사람을 하나 죽였다는 꿈이나 실컷 꾸어라."

노인은 이제 완전히 패배했음을 알 수 있었다. 돌이킬 수 없을 만큼의 패배였다.

노인은 간신히 고물 쪽으로 돌아가서 키 손잡이의 부러진 토막을 키 구멍에다 끼워 넣고는 겨우 방향만이라도 잡을 수 있도록 애를 썼다. 그리고 포대를 어깨 위에 걸치고서 배의 진로를 잡아 나갔다.

노인의 고깃배는 가볍게 바다 위를 미끄러지듯 달렸다. 그 어떤 생각도, 그 어떤 감정도 노인에게 떠오르지 않았다. 모든 것은 지나간 과거에 지나지 않았다. 다만 지금 주어진 일이란, 배를 잘 조정해서 어김없이 항구로 되돌아가는 것뿐이었다.

한밤중에도 몇 번인가 상어 떼가 고기의 뼈를 습격하러 왔다. 마치 식탁에서 음식 부스러기를 주우려는 사람 같았다. 노인은 전혀 무관심이었다. 키질을 하는 것 외에는 아무것에도 관심이 없었다. 노인은 다만 작은 배가 무거운 짐을 잃어버리고 가볍게 바다 위를 미끄러지듯 달리는 걸 느끼고만 있을 따름이었다.

배는 아무 탈이 없구나, 하고 노인은 생각했다.

키 손잡이 외에는 말짱하고 피해도 없다고. 그건 쉽게 갈아 달 수 있으니까 말이야.

노인은 마침내 배가 조류 안으로 들어온 걸 느낄 수 있었다. 해안을 따라 형성된 마을의 불빛들도 보였다. 노인은 이제 배의 위치도 알 수 있게 되었다.

돌아가는 건 이제 아무 일도 아니야.

과연 바람만은 우리들의 친구라니까, 하고 노인은 생각했다.

때에 따라 다르긴 하지만 말이야, 하고 노인은 덧붙였다.

거대한 바다에는 우리의 친구도 있고 적도 있지, 그리고 침대도 있어.

침대는 내 친구지, 하고 노인은 생각했다.

침대란 위대한 거야. 기진맥진했을 때 그렇게도 편안하게 해 주는 게 또 어디 있는가 말이야. 침대가 얼마나 편안한 것인지를 예전엔 미처 몰랐구나.

이토록 녹초로 만든 게 대체 뭐란 말인가, 하고 노인은 생각했다.

"아무것도 없어."

노인이 큰 소리로 중얼거렸다.

"너무 멀리 나갔다는 것뿐이야."

마침내 노인이 작은 항구 안으로 들어설 무렵, 테라스의 불빛은 꺼져 있었다.

모두들 벌써 잠들었을 거야, 하고 노인은 생각했다.

바람이 점점 더 세차게 불고 있었다. 그러나 항구 안은 조용했다. 노인은 바위 밑 좁은 자갈밭에 자신의 고깃배를 댔다. 아무도 도와주는 사람은 없었다. 노인은 될 수 있는 한 뭍으로 힘껏 배를 끌어올렸다. 겨우 배에서 기어 나온 노인은 바위에다 밧줄을 단단히 비끄러맸다.

돛대를 내린 노인은 돛을 감아 묶었다. 그리고 돛대를 어깨 위에 걸치고서 언덕길을 오르기 시작했다. 노인은 비로소 자기의 피로의 깊이를 알았다. 하지만 노인은 잠시 발걸음을 멈추고 뒤를 돌아다보았다. 고기의 거대한 꼬리가 거리의 불빛을 반사하면서 작은 배의 고물 쪽에 빳빳이 서 있는 걸 볼 수 있었다. 그리고 노출된 등뼈의 하얀 선과 뾰족한 주둥이를 가진 머리 부분의 검은 덩어리 사이가 텅 비어 있는 걸 볼 수 있었다.

노인은 다시 언덕길을 오르기 시작했다. 꼭대기까지 와서 노인은 그만 쓰러지고 말았다. 돛대를 어깨에 걸친 채로 노인은 한참 동안을 그렇게 누워 있었다.

노인은 일어서려고 애를 썼다. 그러나 일어나지지가 않았다. 겨우 몸을 일으킨 노인은 돛대를 어깨 위에 멘 채 걸어온 길을 바라다보았다. 마침 저쪽으로 고양이 한 마리가 지나갔다. 노인은 고양이를 응시하고 있었다. 그리고는 다시금 길 쪽을 바라다보았다.

마침내 노인은 돛대를 내리고서 일어섰다. 노인은 다시 돛대를 집어서 어깨에 걸치고는 길을 걷기 시작했다. 오두막집에 도착하기까지 노인은 다섯 번이나 쉬었다.

열린 문 안으로 들어선 노인은 돛대를 벽에 기대어 세웠다. 오두막집 안으로 들어가자 노인은 어둠 속에서 물병부터 찾아 한 모금 마셨다. 그리고는 침대에 드러누웠다. 담요를 어깨까지 덮고서 노인은 등과 다리도 덮고 엎어져 잤다. 두 팔을 쭉 뻗고 손바닥을 위로 하고서, 얼굴을 신문지 위에 파묻은 채로 노인은 깊은 잠 속으로 빠져들었다.

아침에, 소년이 오두막집 문을 열고 들여다보았을 때 노인은 곤히 잠들어 있었다. 그날은 풍랑이 심해서 범선帆船은 바다에 나가지 않았다. 그래서 소년은 늦잠을 잤다. 여느 때와 마찬가지로 노인이 사는 오두막집을 와 본 것이었다. 소년은 노인이 숨을 쉬고 있는 것과 노인의 두 손을 보고는 얼굴을 돌려 소리내어 울기 시작했다.

소년은 커피를 가지러 조용히 오두막집을 나왔다. 길을 내려가면서도 소년은 줄곧 울었다.

어부들이 노인의 고깃배 주위에 몰려들어 배 옆에 비끄러맨 해골을 구경하고 있었다. 어떤 이는 바지를 걷어 올리고서 물속으로 들어가더니 살 한 점 없이 앙상한 뼈의 길이를 줄자로 재고 있었다.

소년은 그곳으로 내려가지 않았다. 벌써 가 보았던 것이다. 소년 대신에 어부 한 사람이 노인의 고깃배를 돌봐 주고 있었다.

"노인은 좀 어떠니?"

다른 어부가 큰 소리로 물었다.

"아직 주무세요."

소년이 대답했다. 울고 있는 걸 어부들이 알아차렸지만 소년은 아무렇지도 않았다.

"할아버지를 깨우지 않는 게 좋겠어요."

"주둥이에서 꼬리 끝까지 18피트(약 550센티미터:옮긴이)나 되는군!"

고기의 길이를 재던 어부가 마침내 입을 열었다.

"그렇게 될 거예요."

소년이 말했다.

소년은 얼른 테라스로 가서 커피를 한 잔 주문했다.

"뜨겁게 해 주세요. 그리고 밀크와 설탕을 많이 넣어 주세요."

"그 밖에 필요한 건 없니?"

"아니요. 나중에 할아버지가 잡수실 수 있는 걸 가지러 올게요."

"정말 대단한 녀석이더구나!"

주인이 말했다.

"저렇게 큰 고기는 생전 처음 본다니까. 네가 어제 잡은 두 마리도 꽤 좋은 놈이기는 했지만 말이다."

"제가 잡은 고기…… 그까짓 건 보잘것없어요."

이렇게 말하고 나서 소년은 와락 울음을 터뜨렸다.

"너도 한 잔 마실래?" 하고 주인이 물었다.

"싫어요."

소년이 대답했다.

"모두에게 할아버지를 귀찮게 하지 말라고 일러 주세요. 저는 돌아가 봐야겠어요."

소년은 뜨거운 커피가 든 캔을 가지고 노인이 있는 오두막집으로 갔다. 노인 곁에 앉아서, 그가 깨어날 때까지 소년은 기다렸다. 노인은 한번 깰 듯한 기적을 보이더니 다시금 깊은 잠 속으로 떨어졌다. 소년은 커피를 데울 나무를 구하려고 길 건너까지 다녀왔다.

마침내 노인이 깨어났다.

"일어나지 마세요, 산티아고 할아버지!"

소년이 말했다.

"이거라도 좀 마셔 보세요."

커피를 잔에 따라 소년이 내밀었다. 노인은 말없이 그걸 받아 마셨다.

"마놀린, 그놈들이 나한테 이겼어. 그놈들이 정말 나한테 이겼다니까." 하고 노인이 말했다.

"고기가 이긴 게 아니에요. 고기는 아니에요."

"그렇구나. 정말 그래. 진 건 나중이니까."

"페드리코 *Pedrico*가 배하고 어구를 손질하고 있어요. 고기의 머리는 어떻게 하죠?"

"페드리코에게 자르게 해서 고기 덫에나 쓰게 하렴."

"그 창날 같은 부리는요?"

"갖고 싶거든 네가 가지렴."

"제가 가질게요."

소년이 대답하고는 말을 이었다.

"이제…… 우리는 다른 일에 대해서 계획을 세워야 하지 않겠어요?"

"사람들이 나를 찾았었니?"

"물론이죠. 해안 경비정과 비행기까지 나왔었으니까요."

"바다가 그리 넓고 배는 작은데, 발견하기가 어려웠을 테지."

노인이 말했다.

자기 자신과 바다밖에는 말할 상대가 없다가, 이렇게 말 상대가 있다는 것이 얼마나 즐거운가를 노인은 새삼스레 느낄 수 있었다.

"네가 없어서 정말 쓸쓸했단다."

노인이 말했다.

"그런데 너는 뭘 잡았었니?"

"첫날에는 한 마리를 잡았고요, 이튿날에도 한 마리, 그리고 다음날은 두 마리를 잡았어요."

"큰 수확이로구나!"

"이젠 우리 같이 나가서 고기를 잡기로 해요."

"아니다. 내겐 운 같은 건 따르지 않거든. 아마 운이 다 된 모양이야…"

"운이 다 뭐예요. 운은 제가 가지고 가면 되잖아요!" 하고 소년이 말했다.

"네 가족들이 뭐라고 하지 않을까?"

"상관없어요. 어제도 두 마리나 잡았는걸요. 하지만 이제는 우리 함께 같이 나가요. 아직 저는 배울 것이 많으니까요."

"잘 드는 창을 하나 구해서 늘 배에 가지고 다녀야겠다. 낡은 포드 자동차의 스프링 조각으로 창날을 만들면 되겠구나. 구아나바코아 Guanabacoa 에 가서 갈아 오면 될 게야. 끝은 뾰족하게 갈아야 하지만, 부러지지 않게 불에 달구어 담금질을 해야 한단다. 내 칼이 부러졌거든."

"제가 칼을 어디서 하나 구해 올게요. 그리고 스프링도 갈아 오죠, 뭐! 폭풍이 며칠이나 계속될까요?"

"아마도 사나흘은 갈 게다. 어쩌면 그 이상 계속될지도 모르겠다만……."

"제가 뭐든 다 준비해 둘게요."

소년이 말했다.

"할아버지는 손이 낫는 일만 신경 쓰도록 하세요."

"치료하는 법이야 내가 잘 알고 있지. 그런데 말이다, 밤 중에 나는 뭔가 이상한 것을 토했는데 말이야. 가슴이 찢어지는 것 같은 기분이 들었거든……."

"그것도 빨리 고치도록 해요."

소년이 말했다.

"누우세요, 할아버지! 제가 깨끗한 셔츠를 갖다 드릴게요. 그리고 뭔가 잡수실 것하고요."

"내가 없는 동안 나온 신문이 있거든 가져오너라."

노인이 말했다.

"얼른 나으셔야 해요, 산티아고 할아버지! 저는 아직 배울 것이 너무나 많으니까요. 그리고 바다에 나가 겪었던 일에 대해 모두 말씀해 주세요. ……대체 얼마나 고생을 하신 거예요?"

"굉장히……."

노인이 대답했다.

"그러면 드실 것하고 신문을 가져올게요."

소년이 말했다.

"푹 쉬도록 하세요, 산티아고 할아버지! 손에 바르실 약도 사 가지고 올게요."

"페드리코더러 머릴 가져가라고 말하는 걸 잊지 말거라."

"예, 잊어버리지 않을게요."

소년은 문을 열고 밖으로 나갔다.

산호 바위로 된 길을 걸어 내려가면서 소년은 또 울었다.

그날 오후, 테라스에는 한 무리의 관광객들이 모여들었다. 관광객들은 빈 맥주 캔과 죽은 창꼬치 *barracuda*가 흩어져 있는 곳에서 바다를 내려다보고 있었다.

커다란 꼬리가 달려 있는 거대한 고기의 척추골을 일행 가운데 한 여자가 발견했다. 항구 밖에서 동풍이 줄곧 커다란 파도를 불어 보냈기 때문에 꼬리가 흔들리고 있었다.

"저게 뭐죠?"

거대한 고기의 등뼈를 가리키면서 옆에 있던 웨이터에게 그녀가 물었다. 하지만 이제는 조류를 타고 밀려 나가기를 기다리고 있는 쓰레기에 불과한 뼈였다.

"티뷰론 *Tiburon* 이죠. 상어의 일종이랍니다."

웨이터가 대답하고는 그에 얽힌 이야기를 열심히 설명해 나가기 시작했다.

"어머나, 나는 상어가 저렇게 멋있고 아름답게 생긴 꼬리를 가지고 있는 줄은 정말이지 몰랐어요."

"나도 몰랐어요."

일행 가운데 한 남자가 말했다.

길 왼쪽의 오두막집에서 노인은 다시금 잠에 빠져 있었다. 여전히 엎드린 채였다. 소년도 그의 곁에 앉아 노인을 지켜보고 있었다. 노인은 사자 꿈을 꾸고 있었다.

Africa was where he had been happiest in the good timeof his life, so he had coom out here to start again.

The Snows of
Kilimanjaro

킬리만자로의 눈

킬리만자로의 눈

킬리만자로 Kilimanjaro 는 높이가 19,710피트(약 6천 킬로미터:옮긴이)나 되는 눈 덮인 산으로, 아프리카 대륙의 최고봉이라 일컬어진다. 서쪽 봉우리는 마사이어語로 '응가에 응가이' Ngài Ngài, 즉 신의 집이라 불린다. 서쪽 봉우리 가까운 곳에 말라 얼어붙은 한 마리 표범 leopard 의 시체가 있다. 도대체 그 높은 곳에서 표범이 무얼 찾고 있었는지 아무도 설명해 주는 이가 없다.

"신기한 일이로군, 고통이 없어졌으니."

그가 말했다.

"……그래서 죽음이 다가왔다는 걸 알아채는 게지."

"그게 정말이에요?"

"정말이잖고! 그건 그렇고 이런 냄새를 풍겨 미안하오. 당신도 견디기 어려울 거요."

"그만두세요! 제발이지 그런 말씀 마세요."

"저 녀석들 좀 보라니까." 하고 그가 말을 이었다.

"저 녀석들이 저렇게 모여드는 게 내 꼬라지를 보았기 때문일까, 아니면 냄새 탓일까?"

미모사나무 *mimosa tree*의 넓은 그늘 속에 그가 누워 있는 침상 *cot*이 놓여 있었다. 그늘 너머로 반짝이는 들판을 바라보자 그곳에는 커다란 새 세 마리가 흉측스럽게 웅크리고 앉아 있었다. 또, 하늘에도 열서너 마리가 날면서 그를 스치고 지나갈 때마다 민첩하게 움직이는 그림자를 땅에 던지고 있었다.

"저 녀석들은 트럭이 고장난 날부터 줄곧 저기 있었지."

그가 말했다.

"땅에 내려앉은 건 오늘이 처음일 거야. 저 녀석들을 어느 때고 소설에다 써먹을 생각을 하고 처음에는 나는 모양을 주의 깊게 관찰했었는데, 이제 생각하니 우스운 짓이 되고 말았군."

"소설에다 저것들 얘기는 안 쓰셨으면 좋겠어요."

"그냥 지껄여 보는 거야. 이렇게 지껄이고 있으면 한결 편하니까."

그가 말했다.

"그렇지만 당신을 성가시게 하고 싶지는 않다오."

"성가실 게 뭐 있겠어요, 아시면서 그러세요."

그녀가 말했다.

"아무것도 해 드리지 못해서 안타까울 뿐인걸요. 비행기가 올 때까지는 되도록 안정을 취하고 계셔야 할 것 같아요."

"비행기가 오지 않을 때까지란 말도 되겠군."

"어서 제가 도울 수 있는 일이나 일러 주세요. 뭔가 할 수 있는 일이 틀림없이 있을 테니까요."

"다리나 잘라 주구려. 그러면 고통도 없어질 테니. 의심스러운 일이긴 하지만……. 아니면 나를 쏴 죽이든지. 이젠 당신도 제법 명사수니까. 내가 직접 가르쳐 주지 않았소, 총 쏘는 법을……."

"제발 그런 식으로 말씀하지 마세요. 책이라도 읽어 드릴까요?"

"무슨 책을 읽겠단 말이오?"

"뭐든 읽지 않은 걸로요."

"난 듣고 있을 수가 없어."

그가 말했다.

"이렇게 지껄이고 있는 편이 나아. 입씨름이라도 하고 있으면 어쨌든 시간은 지나갈 테니까 말이야."

"싸움 같은 건 싫어요. 하고 싶은 생각도 없고 말예요. 제발이지 이제 그만두세요. 아무리 화가 나더라고 말예요. 아마 오늘쯤엔 그 사람들이 다른 트럭을 가지고 돌아올 거예요. 어쩌면 비행기가 올지도 모르고요."

"난 이제 꼼짝도 하기 싫어."

그가 말했다.

"당신을 편하게 해 주기 위해서라면 몰라도……. 여기서 더 움직인다는 건 어리석단 말이지."

"그건 비겁해요."

"공연히 남의 욕일랑 말고 마음 편히 죽게 내버려둘 수는 없어? 내게 욕을 한들 무슨 소용이 있겠어?"

"당신은 죽지 않아요."

"어리석은 소리! 보다시피 지금 이렇게 죽어가는 판인데. 빌어먹을 저 놈들한테 물어보라고."

크고 추악하게 생겨먹은 녀석들이 북실북실한 털 속에 벌거숭이 머리를 파묻고 앉아 있는 쪽을 바라보며 그가 말했다. 마침내 네 번째 녀석이 땅으로 잽싸게 내려앉더니 흉측스러운 무리를 향해 종종걸음으로 달려갔다.

"저런 새들은 어느 캠프에나 있는걸요, 당신 눈에 띄지 않았다 뿐이죠. 그리고 인간이란, 단념하지 않는 한 죽지 않는 법이에요."

"그 따윈 또 어디서 읽었소? 바보 같으니라고."

"다른 사람 생각도 좀 해 보시지 그러세요?"

"제기랄."

그가 내뱉었다.

"지금껏 내가 해 왔던 일이 그거였지." 하고 그는 드러 누웠더니 잠시 말을 잊은 듯했다.

타는 듯한 무더위로 이글대는 건너편 숲의 가장자리를 바라다보니 노란 벌판을 배경으로 한 떼의 얼룩말zebra이 보였다. 이곳은 언덕을 등지고 있는데다 큰 나무 그늘 밑에 자리잡은 쾌적한 캠프였다. 물이 좋았고 바로 곁에 있는, 거의 물이 말라 버린 샘물에선 아침이면 들꿩들이 날곤 했다.

"책이라도 읽어 드릴까요?"

그가 누워 있는 침상 옆 캔버스 의자에 앉은 그녀가 물었다.

"……산들바람이 불어오는군요."

"아니, 읽을 필요 없어."

"아마도…… 트럭이 곧 올 거예요."

"트럭 따위가 나하고 무슨 상관이지, 대체!"

"전 그렇지 않아요."

"내가 관심조차 두지 않는 숱한 일에 당신은 괜한 신경을 쓰곤 한단 말이지."

"꼭 그렇지만도 않아요, 해리_Harry_!"

"그럼…… 술은 어떨까?"

"당신에겐 해로울 거예요. 블랙이 쓴 의학서에도 알코올 종류는 일절 피하라고 적혀 있어요. 그러니까 절대로 드시면 안 된다고요."

"몰로_Molo_!"

그가 밖에다 대고 외쳤다.

"네, 선생님_Bwana_."

"위스키 소다를 가져와."

"네, 선생님."

"안 된다니까요." 하고 그녀가 말했다.

"제가 아까 말씀드린 단념이란 게 바로 이런 거예요. 책에도 술은 해롭다고 적혀 있고, 저 역시 술이 당신에게 해롭다는 걸 알고 있다고요."

"아니, 내겐 좋아." 하고 말하면서도 그는 이젠 모든 게 끝장났다고 생각했다.

영영 끝맺을 기회가 오지 않을 것이다. 이렇게 술을 가지고 승강이하다 죽는 거다. 오른쪽 다리에 괴저壞疽가 생긴 이래로 거의 고통을 느끼지 않았고, 고통과 더불어 공포감마저 사라져 버린 지금엔 오직 격심한 피로와 이것이 종말이라는 울화뿐이다.

닥쳐오고 있는 죽음에 대해서 그는 호기심조차 거의 갖고 있지 않았다. 몇 해 동안을 마음속에서 떠나지 않고 있었으나, 지금은 그것 자체가 무의미했다. 피곤해지면 죽음조차도 대단치 않게 되다니 이상한 일이었다.

좋은 글을 쓰기 위해 충분히 이해하게 될 때까지 간직해 두었던 일들도 결국엔 쓰지 않게 될 것이다. 그렇다면 써 보려다가 실패할 경우도 없게 될 것이다. 어차피 쓸 능력이 없었는지도 모른다. 그런 까닭에 차일피일 미루어 오다 착수도 못한 것이다. 아무튼 지금에 와서는 도무지 알 수가 없다.

"차라리 이곳에 오지 않았더라면 좋았을 걸 그랬어요."

그녀가 말했다. 유리컵을 든 채로 그녀는 입술을 꼭 깨물며 그를 바라보고 있었다.

"파리 *Paris*에 있었더라면 이런 변을 당하시지는 않았을 거예요. 당신은 늘 파리가 좋다고 하셨죠. 파리에 머물 수도 있었고, 또 다른 어느 곳에라도 갈 수 있었지요. 저는 어디라도 따라갔을 거예요. 당신이 원하는 곳이라면 어디라도 가겠다고 말했지요. 사냥을 원하셨다면 헝가리 *Hungary*로 사냥을 가서 즐겁게 지낼 수 있었을 거예요."

"그 지독한 당신 돈으로 말이지."

그가 말했다.

"그런 악담이 어디 있어요."

그녀가 말했다.

"돈은 언제나 제 것인 동시에 당신 것이기도 했는걸요. 저는 만사 제쳐 두고 당신이 가자는 곳으로 갔고, 또 원하시는 일이라면 무엇이든 해 왔어요. 하지만 이곳만은 안 왔더라면 좋을 뻔했어요."

"당신도 이곳이 좋다고 하지 않았어."

"당신 몸이 성했을 땐 그랬죠. 하지만 지금은 지긋지긋해요. 어째서 우리가 이런 변을 당해야 한단 말이에요."

"내가 한 일이란, 처음 긁혀서 상처가 생겼을 때 소독약 바른다는 걸 깜빡 잊었던 일이겠지. 나는 병독病毒에 감염되지 않는 체질이니까 그땐 전혀 무관심했었지. 그러다가 나중에 악화되었을 때는 다른 치료약이 떨어져서 약한 석탄산수石炭酸水를 사용한다는 게 그만 모세혈관이 마비되고 괴저가 발생한 걸 거야."

말을 마친 그가 그녀를 쳐다보았다.

"그 밖에 또 뭐가 있을까?"

"그런 뜻으로 한 말이 아니에요."

"그 풋내기 키쿠유족 kykuyu族 운전사 대신에 훌륭한 기술자를 두었더라면 기름 상태도 살폈을 게고, 베어링도 태워 먹지 않았을 거야."

"그런 뜻이 아니라니까요."

"당신이 당신 가족들과 그 망할놈의 올드 웨스트베리 Old Westbury, 사라토가 Saratoga, 팜비치 Palm Beach의 사람들과 헤어져서 나를 따라오지 않았더라면……."

"당신을 사랑했으니까요, 저는! 그리고 그런 말씀은 너무하세요. 지금도 저는 당신을 사랑하고 있으니까요. 언제까지나 당신을 사랑하겠어요. 저를 사랑하지 않으세요?"

"물론."

그는 대답했다.

"당신을 사랑한다고는 생각지 않아. 단 한 번도 사랑해 본 일이 없어."

"해리! 무슨 말이에요? 머리가 어떻게 된 거 아니에요?"

"아니, 어떻게 될 머리도 내겐 없어."

"여보, 제발 그건 마시지 마세요. 우린 할 수 있는 일은 다 해 봐야잖겠어요."

"당신이나 하구려. 난 몹시 피곤해."

그가 말했다.

그는 마음속에서 카라가치역 *Karagatch*驛을 보고 있다. 손에는 짐을 들고 있다. 어둠을 뚫고 달려오는 것은 심플 론 오리엔트 *Simplon-Orient* 철도회사 소속의 열차에서 비치 는 헤드라이트이다. 지금 그는 퇴각 후 트라키아 *Thrace*(발 칸반도의 에게 해 북동 해안 지방:옮긴이)를 막 떠나려는 참이다.

이것은 그가 후일에 글을 쓰려고 간직해 두었던 것 가운 데 하나였다.

그날 아침 식사 무렵 창 밖을 바라보다 불가리아의 눈을 덮인 산을 바라보았던 일. 저것이 눈이냐고 난센*Nansen*의 비서가 노인에게 묻던 일이 기억이 난다.

노인은 창 밖을 바라보면서 아니야, 저건 눈이 아니야, 눈은 아직 이르다고 대답했다. 비서는 딴 여자들에게 이것 봐, 저건 눈이 아니래, 하고 되풀이했다. 그러자 여자들은 일제히 저건 눈이 아니래, 우리가 잘못 봤어요, 하고 말했다. 그러나 그것은 틀림없는 눈이었다. 게다가 그가 주민들의 교대 입주를 추진했는데, 그들을 눈 속으로 보내고만 것이 되었다. 그들이 밟고 간 것은 눈이었고, 그해 겨울 그들은 죽고 말았다.

가우엘탈*Gauertal* 산악 지대에선 그해 크리스마스 주간에도 계속해서 눈이 내렸다. 그들은 크고 네모진 사기 난로가 방의 절반을 차지하고 있는 나무꾼 집에 묵었고, 밤나무 잎을 잔뜩 넣은 요를 깔고 잠을 잤다.

그때 탈주병 한 명이 피투성이가 된 발로 눈 속을 걸어왔다. 탈주병은 헌병이 뒤를 쫓고 있다고 말했다. 그들은 그에게 털양말을 건네고는 도망치게 한 후 그의 발자국이 눈으로 다시 뒤덮일 때까지 이야기를 늘어놓으며 헌병들을 붙들었다.

슈룬츠 *Schruns*에서는 크리스마스 날 눈이 너무도 환히 반짝여 주막에서 밖을 내다보면 눈이 아플 정도였다. 그리고 사람들이 교회에서 집으로 돌아오는 게 보인다.

소나무 우거진 가파른 언덕으로 둘러싸인 강기슭을 따라 썰매로 미끈미끈해지고 오줌으로 노랗게 물든 길을 무거운 스키를 어깨에 짊어지고 오르던 곳이었다. 그들이 마드레너 산장 *Madlener-haus* 위쪽의 빙하를 단숨에 달려 내린 곳도 바로 그곳이다. 눈은 과자 위에 뿌려 놓은 설탕같이 부드럽고 가루분처럼 가벼웠다. 속력을 더하며 소리도 없이 달려 내리던 기분이 흡사 새와 같았던 기억이 난다.

그때 모두들 눈보라 때문에 한 주일 동안이나 마드레너 산장에 갇히게 되자 자욱한 담배 연기 속의 램프 옆에서 카드놀이만 해야 했다. 렌트 *Lent* 씨가 지면 질수록 판돈은 커져 갔다. 그리고 그는 결국 몽땅 잃고 말았다. 스키 강습으로 번 돈도, 시즌에서 올린 이익금도, 심지어 밑천까지도 죄다 잃어버렸다. 긴 코를 가진 그가 카드를 집어 들어서는 보지도 않고 내던지던 모습이 눈에 선하다.

그때는 자나깨나 노름이었다. 눈이 안 온다고 노름을 하고, 눈이 너무 많이 온다고 노름을 했다. 지금껏 노름으로 낭비해 버린 모든 시간을 그는 생각해 보는 중이다.

그러나 그는 그것에 대해서는 단 한 줄도 쓴 적이 없었다. 들판 너머 산맥이 뚜렷이 보일 만치 맑게 개인 어느 추운 날, 바커 *Barker* 의 비행기가 전선을 넘어 출격했다. 그리고 휴가를 떠나는 오스트리아 장교들을 태운 열차를 폭격하여 뿔뿔이 흩어져 도망가는 장교들을 향해 기총소사를 가했다. 물론 그 일에 대해서조차 그는 단 한 줄도 쓴 적이 없었다.

그 후 바커가 식당에 들어와서 그때의 일을 이야기하던 기억이 난다.

모두들 말없이 듣고 있다가 누군가가 입을 열었다.

"예끼, 끔찍한 살인자 같으니라고!"

그 후 그가 함께 스키를 타던 사람들은 다름 아닌 오스트리아인들이었다. 아니다. 그렇지만은 않다. 겨우내 함께 스키를 탔던 한스 *Hans* 는 카이저 경보병대 *Kaiser-jägers* 에 소속되어 있었다. 두 사람이 함께 제재소 위쪽 계곡으로 토끼 사냥을 갔을 때 그들은 파수비오 *Pasubio* 전투, 페르티카 *Pertica* 와 아살로네 *Asalone* 의 공격담을 나누기도 했다. 그러나 그것에 대해서도 그는 단 한 줄도 쓰지 않았다. 몬

테코르노*Monte Corno*, 시에테 콤뭄*Siete Commum*, 아르시에도*Arsiedo*에 대해서도 물론이었다.

보랄베르그*Voralberg*와 알베르그*Arlberg*에서 그는 몇 해나 겨울을 보냈던 것일까? 네 번이었다. 그리고 그들이 도보로 부르덴츠*Bludenz*에 갔을 때 여우를 팔러 왔던 사나이가 기억이 난다. 그땐 선물을 사러 나간 길이었다.

또한 버찌씨 맛이 나는 고급 키르슈주*kirsch*酒, 그리고 단단히 얼어붙은 땅 위에 쌓인 가루눈을 휘날리면서 미끄러지며 "하이! 호! 롤리는 말했네!"*Hi! Ho! said Rolly!* 하고 노래를 부르며 험한 골짜기의 마지막 직선 코스를 달려 내려가다 다시 코스를 바로잡고 과수원을 세 바퀴 돌고는 빠져나와 도랑을 넘어 숙소 뒤 빙판길로 나왔다.

동여맨 끈을 툭툭 쳐서 느슨하게 한 후 스키를 벗어 숙소 판자 벽에 세워 놓는다. 램프 불빛이 창 밖으로 흘러나온다. 새 포도주에서 풍겨 나오는 따스한 향기와 자욱한 담배 연기에 휩싸인 채 안에서는 모두들 아코디언을 켜고 있었다.

"파리에선 어디서 머물렀지?"

지금은 아프리카 *Africa* 에서 침상 옆 캔버스 의자에 앉아 있는 그녀에게 해리가 물었다.

"크리용 *Crillon*(프랑스의 최고급 호텔:옮긴이)이었죠, 아시면서."

"그걸 내가 어떻게 알아?"

"우리가 늘 머물던 곳이니까요."

"아니야, 늘은 아니었어."

"그곳하고 생 제르망가 *St. Germain* 街의 헨리4세관 *Pavillion Henri-Quatre* 두 군데였어요. 당신은 그곳을 사랑한다고 하셨었죠."

"사랑…… 그거 정말 똥 같은 소리로군."

해리가 말을 이었다.

"……게다가 나는 그 똥 위에 올라 앉아 우는 수탉 같은 신세고 말이야."

"만일에…… 부득이 당신이 떠나시게 된다면……."

그녀가 말을 이었다.

"…당신은 뒤에 두고 갈 모든 걸 다 때려 부수어야만 직성이 풀리겠어요? 그러니까…… 뭐든 다 가지고 가셔야만 하시겠어요? 당신의 말馬도, 아내도 죽이고 안장도, 갑옷도 모두 태워 버려야만 속이 후련하시겠어요?"

"그렇다니까." 하고 그가 말을 이었다.

"당신의 그 망할놈의 돈이 바로 내 갑옷이었다니까. 내 스위프트였으며 내 아머이기도 했었다니까." (스위프트Swift와 아머Armour는 다 같이 시카고의 통조림 공장을 경영하는 유명한 거부:옮긴이)

"그만하세요."

"좋아, 그만두지. 당신을 괴롭히고 싶지는 않으니까."

"이젠 좀 늦었어요."

"그렇다면…… 좋아, 좀 더 괴롭혀 주지. 그게 더 재미있으니까. 내가 당신을 위해 정말 좋아했던 단 한 가지 일도 지금의 나는 할 수가 없게 되어 버렸으니……."

"아니에요. 그렇지 않아요. 당신은 여러 가지 일을 하는 걸 좋아하셨죠. 그리고 당신이 하고 싶어하셨던 일이라면 저는 무엇이건 했는걸요."

"제발 자기 자랑 따위는 그만둘 수 없겠어?" 하고 말하며 그가 그녀를 쳐다보았다. 그녀는 울고 있었다.

"이봐요!" 하고 그가 말을 건넸다.

"당신은 내가 장난삼아 이런 말을 하고 있는 줄로 생각하는 거요? 나도 내가 왜 이런 말을 하고 있는지 모르겠군. 당신을 살리려 드는 게 도리어 당신을 죽이는 꼴이 되는 것만 같다는 생각이 들어. 얘기를 시작했을 땐 나도 제정신이었는데 말이야. 이렇게 될 생각은 없었다고. 그런데 지금은 완전히 돌아 버린 것 같아. 게다가 당신에게 될 수 있는 한 지독하게 굴려 들다니. 이봐요, 내가 하는 말에 조금도 신경 쓰지 말아요. 난 당신을 사랑하고 있다오. 진정으로 사랑하고 있단 말이오. 그걸 당신도 잘 알고 있잖소. 그리고 내가 지금껏 당신을 사랑한 만큼 다른 어느 누구도 사랑한 일은 없었소."

익숙해진 거짓말 속으로 그는 미끄러지듯 빠져들어 갔다. 지금껏 그런 거짓말로 빵과 버터를 벌어 왔던 것이다.

"당신은 정말 다정한 분이세요."

"요 암캐 같으니라고."

그가 말했다.

"이 돈 많은 암캐야, 이것은 시詩라고. 내 머릿속에는 지금 시가 가득 차 있다고. 헛소리와 시…… 헛소리 같은 시가 말이야."

"그만둬요, 해리! 어째서 당신은 지금 악마같이 되어야만 하는 거죠?"

"무엇이건 남겨 둔 채 떠나고 싶진 않으니까."

그가 말을 이었다.

"아무것도 뒤에 남겨 두고 싶지 않단 말이야."

어느덧 저녁이 되었다. 그는 잠이 들었다. 석양은 언덕 너머로 지고 들판에는 어둠이 깔렸다. 작은 짐승들이 캠프 근처에서 먹을 걸 찾고 있었다. 머리를 잽싸게 굽히기도 하고 꼬리를 휘두르기도 하면서 이제는 이것들이 숲에서 제법 먼 캠프 근처까지 나와 있는 것을 볼 수 있었다.

새들도 이젠 땅 위에선 자취를 감추었다. 새들은 모두 나무 위에 무겁게 올라 앉아 있었다. 전보다 수는 더 많아 졌다. 심부름하는 소년이 그의 침상 옆에 앉아 있었다.

"마님은 사냥 가셨어요."

소년이 말했다.

"선생님, 뭐가 필요하세요?"

"아무것도……."

그녀는 찬거리가 될 만한 걸 잡으러 나간 것이다. 그가 사냥 구경을 좋아한다는 것을 알고 있었지만, 그가 바라볼 수 있는 이 들판의 작은 지대만은 소란스럽게 하지 않으려 고 일부러 먼 곳까지 나간 모양이다.

항상 생각이 깊은 여자로구나, 하고 그는 생각했다. 그녀는 알고 있는 것, 읽은 것, 그리고 또 들었던 것에 대해서 생각이 깊은 여자였다.

그녀를 가까이할 무렵 그가 이미 폐인이 되어 있었다는 게 여자의 책임은 아니었다. 게다가 마음에도 없는 허튼소리를 늘어놓는 남자에 대해 여자가 어떻게 알 수 있단 말인가.

마음에도 없는 말을 지껄이게 된 뒤로는 그의 거짓말은 진실을 얘기했을 때보다 오히려 여자들에게는 더욱 효과적이었다. 그가 거짓말을 했다기보다 오히려 얘기할 만한 진실이 없었다는 게 옳다.

그는 인생을 마음껏 즐겼고 이제는 그마저도 끝장나 버려 새로운 여자와 좀 더 많은 돈을 가지고, 같은 장소에서도 최상의 인물이나 교양미 넘치는 사람들을 상대로 다시금 자기의 생활을 시작했던 것이다.

차라리 생각하는 일을 중단하자!

그것은 아주 신기한 일이었다. 속을 차리고 보니 대부분의 사람들이 빠져드는 따위의 그런 지리멸렬도 없었다. 지금껏 해 오던 일에 대해서는 이제 더 이상 할 수도 없게 되었거니와 조금도 흥미가 없다는 태도를 취할 수 있었다.

그러나 마음속으로는 이들 큰 부자들에 대한 이야기를 써 보리라, 나는 사실상 그들의 동료가 아니라 그들 사회의 스파이다, 그러므로 그들 사회를 벗어나 그것에 대해서 써 보리라, 그러니까 언젠가는 무엇을 쓸 것인가를 잘 알고 있는 어느 작가에 의해서 쓰여지리라 생각했다.

그러나 결코 그는 쓰려고 하지 않았다. 왜냐하면 아무것도 쓰지 않은 채로 안일만을 일삼고, 스스로가 멸시한 그런 인간이 되어 버린 매일매일의 생활이 그의 재능을 무디게 만들어 버린데다 일에 대한 의욕마저 약화시켜 버렸기 때문에 결국 아무것도 쓰지 못하게 되고 말았던 것이다. 지금 그가 사귀고 있는 사람들은 그가 일을 하지 않을 때 더 쉽게 사귈 수 있는 그런 인간들이었다.

아프리카는 그의 인생에 있어서 가장 행복하게 지냈던 곳이기도 했다. 그래서 그는 새 출발을 하려고 이곳을 찾아왔던 것이다. 그들은 이 사냥에 있어서만큼은 최소한도로 즐거움을 줄였다. 큰 고생은 없었다. 그렇다고 호화로운 사치도 없었다.

이렇게 함으로써 다시 훈련 시절의 생활로 되돌아갈 수

있으려니 하고 그는 생각했다. 마치 권투 선수가 몸에서 지방질을 빼기 위해 산으로 들어가 노동으로 단련하는 것처럼 그도 어떤 방법으로든 그의 정신을 둘러싸고 있는 지방질을 벗겨 버릴 수 있으리라 여겼던 것이다.

그녀도 그것을 기뻐했다. 정말 좋은 일이라고 말했다. 자극적인데다 생활의 변화가 따르는 일이라면 그녀는 무엇이건 좋아했으니까. 거기서는 처음 만나는 사람들이 있고 모든 것이 재미있기만 했으니까. 그래서 그는 일할 의욕을 되찾게 될 것만 같은 착각을 느끼고 있었다.

그러나 지금, 이 꼬라지로 일생을 끝마쳐야 한다 하더라도, 그리고 누구보다도 자기 자신이 그것을 잘 알고는 있었지만 제 등뼈가 부러져서 자기 몸뚱이를 물어뜯는 뱀처럼 자기 자신과 맞서서는 안 될 것이었다.

이렇게 된 것도 그녀의 탓은 아니다. 만일 이 여자가 아니었더라도 다른 여자가 있었을 것이다. 만일 그가 거짓말로 일생을 살아왔다면 끝내 거짓말로 죽어야만 할 것이다. 언덕 너머에서 한 발의 총소리가 들려왔다.

그녀의 총 솜씨는 훌륭했다. 이 착하고 돈 많은 암캐, 친절한 시중꾼, 그리고 재능의 파괴자⋯⋯. 어리석은 소리! 재능이야 스스로가 파괴하지 않았던가. 시중을 잘 들어 주었다고 해서 그녀를 비난해야 한단 말인가.

재능을 망치게 된 것은 그 재능을 사용하지 않았기 때문이다. 또한 그 자신과 자신이 믿는 바를 배반했기 때문이다. 태만과 타성, 그리고 속물 근성 때문이었으며 자부심과 편견, 그 밖에 수단 방법을 가리지 않았기 때문이다.

도대체 이건 뭐란 말인가? 헌 책들의 목록이란 말인가? 그 재능이란 대체 어떤 것이냐? 틀림없는 재능이긴 했으나 그것을 사용하는 대신 그는 그것을 악용하고 말았던 셈이다. 그의 재능이란 실제로 성취된 것이 아니라 언제고 하면 할 수 있다는 가능성이었다. 생계를 영위하기 위해 그가 선택한 것은 펜이나 연필이 아니라 다른 그 무엇이었다.

그가 다른 여자와 사랑을 하게 되면 으레 그전 여자보다 돈이 많았다는 것도 이상한 일이 아닐 수 없다. 그가 지금 이렇게 누운 채 그녀를 대하는 것처럼 사랑하지도 않으면서 거짓말만 늘어놓고 있을 때 누구보다도 돈이 많고 실제로 돈이 많은 이 여자 — 과거에는 남편과 자식들도 있었고 애인들도 있었지만 그들에게는 만족하지 못하고 그를 한 작가로서, 남자로서, 반려자로서, 자랑스러운 소유물로서 지성껏 극진히 사랑하고 있는 이 여자를 그는 전혀 사랑하지도 않으면서 거짓말만 늘어놓고 있는 것 아닌가! 그럼에도 과거에 그가 진실로 사랑했던 때보다 그녀의 돈에 대해서 더 많은 애착을 느낀다니 정말 이상한 일이었다.

사람이란 틀림없이 제각기 자기가 하는 일에 적응하도록 되어 있다고 그는 생각했다. 어떤 형태의 생계를 꾸려 나가든지 간에 거기엔 각자의 재능이 있게 마련이다. 그는 일생을 통해서 어떠한 형식으로든 자신의 정력을 팔아 먹었던 셈이다. 애정에 너무 깊이 빠지지 않았을 때 인간은 돈에 대해서 더욱 많은 가치를 인정하게 되는 것이다. 이런 사실을 깨달았지만 그것에 대해서도 그는 쓸 수가 없다. 쓸 만한 가치가 충분하다 해도 쓰려고 하지 않았다.

이윽고 그녀의 모습이 보였다. 공지空地를 가로질러 캠프 쪽으로 걸어오고 있었다. 승마용 바지를 입고 라이플 총을 들고 있었다. 두 소년이 숫양ram 한 마리를 어깨에 메고 그녀의 뒤를 따라왔다.

아직은 아름다운 여자로군, 하고 그는 생각했다. 게다가 아름다운 육체도 가지고 있다. 잠자리에 있어서도 훌륭한 재능과 감상력을 보여 주었다. 미인은 아니지만 그녀의 얼굴이 그는 마음에 들었다.

상당한 독서가에다 승마와 사냥을 좋아했고, 술은 분명히 지나치게 마셨다. 남편은 그녀가 아직 젊었을 때 세상을 떴다. 얼마 동안은 아직 어렸던 두 자녀들에게만 정성을 쏟았다. 그러나 자녀들이 어머니를 필요로 하지 않게 되고 오히려 옆에 있는 것을 귀찮게 여겼다. 그래서 결국 그녀는 승마와 독서, 그리고 술에 빠져 버린 듯했다.

저녁 식사 전 오후 시간에는 독서를 즐겼고 책을 읽으면서도 스카치 소다를 마셨다. 식사 때까지는 제법 취하게 되고 식사 때 포도주 한 병을 더 마시고 나면 만취되어 잠들고 마는 게 보통이었다.

그것도 애인이 생기기 전의 일이었다. 애인이 생긴 후로는 지나치게 과음하는 일이 없었다. 취해서 잠들 필요가 없었기 때문이다. 그러나 애인들은 그녀를 싫증나게 했다. 그녀가 전에 결혼했던 남자는 한 번도 그녀를 싫증나게 한 일이 없었는데, 이 사람들은 정말 그녀를 진저리나게 만들었다.

그 무렵, 두 자녀 중의 하나가 비행기 추락 사고로 죽었다. 이 사고를 겪은 후로 그녀는 애인을 가지고 싶어하지 않았다. 술도 마취제 역할을 하지 못했기 때문에 이제는 다른 생활을 하지 않을 수 없게 되었다. 그녀는 느닷없는 고독감에 소스라치게 놀랐다. 그와 더불어 그녀가 필요로 했던 것은 자신이 존경할 수 있는 남자였다.

일은 지극히 단순하게 시작되었다. 그녀는 그의 글을 좋아했고 그가 하고 있는 생활을 항상 부러워했다. 그는 자기가 하고 싶은 일을 하고 있는 바로 그런 사람이라고 생각했다. 그녀가 그를 만나게 된 경위와 마침내 그를 사랑하게 된 건 그녀 자신을 위한 새로운 생활을 성취하는 일일 따름이었다. 그리고 그로서도 낡은 생활의 잔재를 팔아버렸다는 순조로운 진전의 일부분에 지나지 않았다. 안정된 생활과 위안을 얻기 위해서 그는 낡은 생활을 팔아 버렸던 것이다. 그것은 부인할 수 없는 사실이기도 했다. 그밖에 또 다른 무슨 이유가 있겠는가?

자신도 알 수 없는 일이었다. 그가 원하는 것이라면 그녀는 무엇이건 사 주었다. 그도 그것은 알고 있었다. 게다가 그녀는 아주 세련된 여자였다. 그녀는 다른 어떤 여자보다 잠자리를 같이하고 싶어지는 여자였다. 왜냐하면 그녀는 누구보다도 돈이 많았고 유쾌하고 감상력이 풍부했을 뿐만 아니라 수다를 떠는 일이 없었다. 그런데 그녀가 성취했던 이 생활이 종말에 가까워 오고 있는 것이었다.

두 주일 전의 일이었다. 한 떼의 영양*water buck*이 머리를 치켜든 채 콧구멍으로 공기를 들이마시면서 귀를 쭉 뻗치고서 무슨 소리가 나기만 하면 숲 속으로 도망쳐 들어갈 태세로 서 있었다. 그들 영양 무리를 사진에 담으려고 전진해 나가다가 그의 무릎이 가시에 긁히고 말았던 것이다. 영양 무리를 사진에 담으려던 계획도 망쳐 버린 셈이 되고 말았다.

마침내 그녀가 가까이 다가왔다.

"여보!"

침상 위에서 머리를 돌려 그녀 쪽을 바라보며 그가 말했다.

"숫양 한 마리를 쏘았어요."

그녀가 말했다.

"당신에게 좋은 수프 거리가 될 거예요. 크림과 감자를 약간 다져 넣을게요. 기분은 좀 어떠세요?"

"훨씬 좋아진 것 같아."

"정말 반가운 일이 아니에요? 제 생각에도 좋아질 것 같았으니까요. 제가 사냥을 나갈 때 당신은 잠들어 계셨죠."

"한숨 잘 잤어. 어디 멀리 갔었소?"

"아니요. 바로 저 언덕 너머로 돌아갔을 뿐이에요. 숫양한 마리를 단번에 쏘았죠."

"사격 솜씨가 대단한걸."

"전 사냥을 좋아해요. 당신 몸만 성하다면 세상에서 더없이 즐거울 거예요. 당신과 함께 사냥을 갔던 즐거움은 아마 짐작도 못하실 거예요. 그리고 이 고장도 맘에 들어요."

"나도 그렇다오."

"여보, 당신 기분이 좋아진 걸 보니 제가 얼마나 기쁜지 몰라요. 아까와 같은 그런 기분으로 계신다면 저는 정말 견딜 수 없을 것 같아요. 다시는 그런 말씀 안 하시죠? 약속해 주시겠어요?"

"안 돼."

그가 잘라 말했다.

"내가 무슨 말을 했는지 기억이 나지 않아."

"제 행복을 깨뜨리지 말아 주세요, 제발! 저도 이젠 중년 여자일 따름이에요. 저는 다만 당신을 사랑하고 당신이 원하시는 걸 해 드리고 싶어요. 저는 이미 두세 번이나 실패를 겪었던 여자예요. 다시는 제 행복을 깨뜨리려 들지 않으실 테죠, 그렇죠?"

"잠자리에서 두세 번 더 골탕을 먹여 주고 싶은걸."

그가 말했다.

"좋아요. 그런 골탕이라면 좋고말고요. 우린 그렇게 하도록 돼 있는걸요. 그러니 내일은 비행기가 올 거예요."

"어떻게 알지?"

"틀림없이 올 거예요. 오기로 되어 있는걸요. 아이들은 벌써 연기를 올릴 나무와 풀을 준비해 두었답니다. 오늘도 내려가 보고 왔는걸요. 착륙할 공지도 충분하고 양쪽 끝에는 연기를 피워 올릴 준비도 되어 있어요."

"어떻게 내일 온다고 장담하는 거요?"

"꼭 올 거예요. 이미 예정일이 지났는걸요. 그러면 도시로 나가 당신의 다리를 치료하고, 그리고 둘이서 기진맥진해지도록 해요. 당신이 말씀하신 그런 끔찍하고 무서운 일은 말고요."

"같이 술이나 한잔하면 어떨까? 해도 저물었으니 말이야."

"꼭 한잔하셔야겠어요?"

"벌써 한잔했는걸."

"그럼, 같이 한잔씩 하기로 하죠. 몰로, 위스키 소다 두 병 가져온." 하고 그녀가 소리쳤다.

"모기를 막는 장화를 신는 게 좋을 게요."

그가 말했다.

"목욕하고 난 후에 신겠어요."

어둠이 짙어 가는 속에서 그들은 술을 마셨다. 아주 캄 캄해지기 직전, 이젠 총을 쏠 수 없으리만큼 어두워졌을 무렵에 한 마리의 하이에나가 언덕을 돌아 나와 들판 을 가로질러 갔다.

"저 놈은 매일 밤 저곳을 지나간단 말이야."

그가 말을 이었다.

"……두 주일 동안이나 매일 밤."

"밤이면 소리를 지르는 게 저놈이었군요. 전 별로 개의 치 않아요. 하지만 징그러운 짐승이죠."

함께 술을 마시면서 똑같은 자세로 누워 있는 게 불편할 뿐 그는 아무런 고통도 느끼지 않았다. 소년들이 불을 피 우기 시작하자 그림자가 텐트 위에서 어른거렸다. 이토록 기분 좋은 굴종의 생활을 그대로 받아들이고 싶은 기분이

다시 되살아나는 걸 그는 느낄 수 있었다.

그녀는 이루 말할 수 없을 정도로 지극히 친절했다. 그런데 오늘 오후에 그는 지독하리만치 잔인했고, 게다가 부당한 짓을 서슴지 않았다. 그녀는 정말 훌륭한 여자였다. 놀라울 정도로 말이다.

바로 그 순간, 그는 자기가 지금 죽음에 다가가고 있다는 생각이 불현듯 스쳤다. 돌연한 생각이었다. 물결의 흐름이나, 또는 바람처럼 자연스러운 게 아니라 까닭 모를 고약한 냄새를 지닌 난데없는 공허의 습격이었다. 그와 더불어 하이에나가 공지의 가장자리를 따라 살금살금 미끄러지듯 스쳐 지나갔던 것이다.

"왜 그래요, 해리?" 하고 그녀가 물었다.

"아무것도 아니야."

그가 대답했다.

"당신은 이쪽으로 옮겨 앉는 것이 좋겠어. 바람 머리 쪽으로 말이오."

"몰로가 붕대를 갈아 드렸던가요?"

"응, 지금은 붕산을 쓰고 있을 뿐이야."

"약간 어지러운 것 같군."

"목욕 좀 하고 올게요."

그녀가 말했다.

"난 여기 있겠소. 같이 식사하고 나서 침상을 안으로 들여 놓도록 합시다. 싸움을 그만두길 잘했군."

그가 혼잣말로 중얼거렸다.

그녀와는 그다지 싸움을 자주 하지 않았다. 이전에 그가 사랑했던 여자들과는 싸움이 잦았고, 그 결과 자연 싸움의 부작용으로 그들이 공유하고 있던 것까지 죽여 버리는 일이 흔했다. 그는 지나치게 많이 사랑했으며, 요구도 지나치게 많았다. 그래서 모든 것이 이내 바닥나 버리곤 했다.

파리를 떠나오기 전, 싸움을 한 끝에 혼자서 콘스탄티노플 *Constantinople*로 갔었던 당시의 일이 떠올랐다. 그동안 계속 그는 외도를 했었고, 그것에도 지쳐 버리자 고독감은 억제할 길이 없었으며, 더욱더 심해질 따름이었다.

그는 첫 번째 여자, 자기를 버리고 달아난 그 여자에게 고독을 도저히 억제할 길이 없다는 사연의 편지를 써 보냈다.

언젠가 한번은, 레장스 *Regence*호텔 밖에서 당신을 본 것 같았을 때는 정말이지 정신이 아찔하고 가슴이 빠개지는 것 같았다느니, 또는 언젠가는 당신과 비슷한 여자를 보고 불러바드 *Boulevard*(넓은 가로수 길: 옮긴이)를 따라 그 여자의 뒤를 밟아 보려고도 했지만 혹시 당신이 아니면 어쩌나 하는 두려움과 처음 느낌을 잡칠까 봐 염려스러웠다느니, 혹은 함께 데리고 잠을 잤던 여자들은 누구 할 것 없이 당신의 생각만 절실하게 했었을 뿐이었다느니, 혹은 또 당신에 대한 사랑은 도저히 지울 수 없다는 것을 안 지금에 와서도 내게 대한 당신의 이전의 처사는 더 이상 문제가 되지 않는다는 따위의 사연들이었다.

그는 이 편지를 냉정하고도 진지한 태도로 썼다. 뉴욕으로 부치고 나서 파리의 사무실로 답장을 보내 달라고 했다. 그러는 편이 안전할 것 같아서였다.

그날 밤은 견딜 수 없이 그녀가 그리워져서 마음속이 온통 비어 버린 듯했다. 택심*Taxim* 술집 앞을 서성거리다가 여자 하나를 붙잡아 저녁 식사를 하러 데리고 갔다. 식사를 한 후 그녀와 어떤 장소로 춤을 추러 갔다.

그녀의 춤 솜씨가 너무나 서툴러서 기분이 나지 않아 그 여자를 버리고 대신 정욕적으로 생긴 아르메니아*Armenia* 매춘부로 바꾸었더니 이 여자는 배를 어찌나 그의 배에 갖다 대고 비벼대며 흔드는지 불이 날 지경이었다. 영국 포병 하사관과의 싸움 끝에 겨우 빼앗은 여자였다.

그 하사관은 그에게 밖으로 나가자고 했다. 두 사람은 어두컴컴한 자갈길 위에서 결투를 했다. 그는 하사관의 턱을 두 번이나 세차게 후려갈겼다. 그러나 하사관은 끄떡도 하지 않았다. 싸움이 본격적으로 시작되었음을 그는 알았다. 하사관은 그의 가슴팍을 치고 눈언저리를 때렸다. 그는 다시 왼손을 휘둘러서 하사관을 한 대 더 갈렸다. 그러자 포병 하사관은 그의 위로 엎어지면서 그의 웃옷을 움켜쥐고 소매를 찢어 버렸다. 그는 다시 포병의 뒤통수를 두 번 후려갈기고 그를 떠다밀면서 다시 오른손으로 때려눕혔다. 그러자 하사관은 머리를 부딪치면서 나가떨어졌다.

그때 헌병이 달려오는 소리가 났다. 그는 여자를 데리고 뺑소니를 쳤다. 택시를 잡아타고 보스포러스 *Bosphorus* 해협을 따라 리미리 히사 *Rimmily Hissa*를 향해 달렸다. 그리고 그곳을 한 바퀴 돈 다음 시원한 밤공기를 마시며 되돌아와 잠자리에 들었다.

그 여자는 외모와 마찬가지로 너무 무르익은 감도 없지 않았으나, 살결은 장미 꽃잎처럼 부드러웠고 꽃같이 감미로웠으며, 뱃가죽은 꿀을 바른 것처럼 매끄럽고 젖통은 컸다. 그리고 엉덩이에 베개를 고일 필요가 없었다.

아침 첫 햇살이 비쳐 드는 속에서 그 여자의 망측하기 짝이 없는 몰골을 보고는 여자가 눈을 뜨기 전에 그곳을 나와 버렸다. 눈언저리에 멍이 든 채 페라팰리스 *Pera Palace*에 나타났다. 웃옷은 한쪽 소매가 떨어져 나가 버렸기 때문에 손에 들고 있었다.

같은 날 밤, 그는 아나톨리아 *Anatolia*를 향해 떠났다. 그 여행이 끝날 무렵 아편을 얻으려고 양귀비 밭을 온종일 말을 타고 달리던 생각이 났다. 그러자 나중에는 이상한 느낌이 들기 시작하고, 마침내 거리감이 착각을 일으킨 듯한 생각마저 들었다.

그가 다다르게 된 곳은 그들이 새로 도착한 희랍군 콘스탄틴 *constantine* 장교들과 합세해서 공격을 했던 장소였다. 그 장교들은 전투의 치열함을 모르는 숙맥들이었다. 포병대는 아군에게 포격을 퍼붓고 영국의 관전 무관觀戰武官은 어린애처럼 고함을 지르고 있었다.

그날 처음으로 그는 발레용 흰 스커트 비슷한 것을 입고 술이 달린 장화를 신고 있는 전사자를 보았다. 터키군이 잇달아 쉴새없이 떼를 지어 도착했다. 스커트를 입은 병사들이 도망치자 장교들은 그들에게 집중 사격을 가하다가 마침내는 장교들 자신도 도망치고 말았다. 그때 영국 관전 무관도 그와 함께 도망쳤다. 숨이 차고 입 안에 구리 동전을 물고 있는 듯한 냄새가 날 때까지 도망치다가 바위 뒤에 숨었다.

터키군은 여전히 떼를 지어 쳐들어오고 있었다. 그는 그 후 상상도 할 수 없는 끔찍한 광경들을 보았고, 좀더 후에는 더욱더 끔찍한 것을 보았다.

당시에 파리로 돌아왔을 때는 그런 이야기는 아무에게도 할 수 없었고, 또한 차마 듣고 있을 수도 없었다. 그가 자주 드나들던 카페에 바로 그 미국 시인詩人이 있었다. 그 시인은 자기 앞에다 커피 잔을 쌓아 놓고서 감자처럼 생긴 얼굴에 멍청한 표정을 하고 루마니아의 시인과 더불어 다다이즘 운동에 대한 이야기를 하고 있었다. 이 루마니아 시인은 트리스탄 차라*Tristan Tzara*라는 이름을 가지고 있었고, 항상 외알 안경을 쓰고 두통을 앓는 표정을 하고 있었다.

그는 이제 싸움도 끝나고 미친 사람 같은 행동도 다 씻어 내리고 다시금 사랑하는 아내와 함께 아파트로 돌아가서 가정에 몸을 담게 된 것을 기뻐하고 있었다. 그리고 우편물도 사무실에서 아파트로 돌려보내 주었다.

그리하여 어느 날 아침 그가 편지를 써 보냈던 그 여자한테서 온 답장이 쟁반에 얹혀져서 들어왔는데, 그는 필적을 보자 가슴이 서늘해지면서 그 편지를 급히 다른 편지 밑으로 집어넣으려고 했다.

그러자 아내가 말했다.

"여보, 그 편지 누구한테서 온 거예요?"

그리하여 새로운 생활의 시작도 끝장이 나고 말았다.

그는 여자들과 함께 지내던 즐거운 시절과, 그리고 싸움을 했던 일도 회상해 보았다. 그들은 언제나 싸움하기에 알맞은 장소를 택하곤 했다. 그런데 그가 가장 기분이 좋을 때 항상 싸움이 벌어졌던 것은 무슨 까닭이었을까?

그는 이와 같은 일에 대해서도 역시 단 한 번도 쓴 일이 없었다. 그것은 첫째 남을 중상하기 싫어서였고, 다음은 그런 일이 아니더라고 얼마든지 쓸 것이 있으려니 하고 생각했기 때문이었다. 그러나 거기에 대해서는 언제고 쓸 때가 있으려니 하고 늘 생각했기 때문이었다.

쓸 것은 너무나 많았다. 그는 이 세상이 변화하는 것을 보아 왔다. 그것도 단지 표면의 사건뿐만이 아니었다. 사건도 많이 보아 왔으며 사람도 많이 관찰해 왔으나, 그보다는 미묘한 사회의 변화를 보아 왔던 것이다. 시대의 변화에 따라 사람이 어떻게 변해 가는가를 회상할 수 있었다. 그는 변천하는 사회 속에서 살아왔고, 또한 그것을 관찰해 왔으므로 그것에 대해 쓰는 것이 한편으로는 의무이기도 했다. 그러나 그것도 이제 와서는 틀려 버린 셈이다.

"기분이 좀 어떠세요?" 하고 그녀가 물었다. 그녀는 목욕을 마치고 텐트에서 막 나오는 참이었다.

"괜찮아."

"그럼, 식사를 좀 하시겠어요?"

그녀 뒤에서 몰로가 접이식 식탁을 들고, 또 다른 한 소년이 접시를 들고 서 있는 게 보였다.

"글을 쓰고 싶은데……."

그가 말했다.

"수프라도 좀 드시고 기운을 차리셔야만 해요."

그녀가 말했다.

"난…… 오늘 밤에 죽을 것 같아." 하고 그가 말했다.

"해리! 제발 그런 신파조의 말씀은 그만두세요."

그녀가 말했다.

"당신은 그 코를 두었다가 무엇에 쓰려는 게야? 내 넓적다리가 이제는 반이나 썩어 버렸는데. 도대체 이제 와서 그 따위 수프는 뭣 때문에 먹어야 한단 말이야? 몰로! 위스키 소다를 이리 가져와."

"제발 수프를 조금이라도 드세요."

그녀가 상냥하게 말했다.

"그럽시다! 먹지요, 먹어."

수프는 너무 뜨거웠다. 그는 먹기에 알맞을 때까지 컵을 들고 있어야만 했다. 잠시 후, 그는 군소리 없이 그것을 다 마셔 버렸다.

"당신은 훌륭한 여자야." 하고 그가 말을 이었다.

"……더 이상 신경 쓸 필요 없다니까."

〈스퍼Spur〉나 〈타운 앤드 컨트리Town and Country〉 같은 잡지에 실릴 만큼 호감을 주는 그런 얼굴로 그녀가 그를 바라보았다 그녀의 얼굴은 술과 잠자리 일 때문에 약간 수척해 있을 따름이었다. 〈타운 앤드 컨트리〉에도 이처럼 풍만한 젖가슴이며 쓸모 있는 넓적다리 하며 가볍게 애무해 주는 작은 손은 좀처럼 실려 있지 않았다.

그녀를 바라보는 동안, 익히 알고 있던 귀여운 미소를 쳐다보던 그는 다시금 죽음이 다가오고 있다는 것을 느꼈다. 이번에는 돌연한 것이 아니었다. 촛불을 흔들면서 불꽃을 불러일으키는 바람처럼 서서히 불어오는 것이었다.

"나중에 애들을 시켜 내 모기장을 가져오게 해서 나뭇가지에 치고 불을 피우도록 해 줘요. 오늘 밤엔 텐트에는 들어가지 않겠소. 자리를 옮긴댔자 별수 없는 일이오. 오늘만은 날씨도 맑고 비도 올 리 없을 거야."

이와 같이 귀에 들리지도 않는 속삭임 속에서 사람은 죽어 가는 것일 게다. 그렇다. 이제는 싸움질도 없을 테지. 그것만은 약속할 수 있다. 지금껏 경험하지 못한 한 가지 경험만은 깨뜨리지 못할 테지. 그러나 이것마저 깨뜨리게 될는지도 모를 일이다. 무엇이건 깨뜨려 왔으니까 말이다. 그러나 아마 이것만은 그러지 못할 것이다.

"당신…… 받아쓰지는 못하겠지?"

"해 본 적이 없어요."

그녀가 말했다.

"그럼 좋아."

물론 이제 시간도 없어. 하기야 받아쓸 걸 요령 있게 정리할 수만 있다면 그걸 한 문장으로 압축할 수도 있을 거란 생각도 들지만······.

호수가 바라다보이는 언덕 위에 갈라진 틈새를 흰 회반죽으로 하얗게 칠을 한 통나무 집 한 채가 있었다. 문 옆에는 장대가 서 있었으며 식사 시간을 알리기 위해 매단 종도 보였다. 집 뒤로는 들판이 펼쳐졌으며 들판 뒤쪽으로는 숲이 있었다. 양버들 *lombardy poplar*이 그 오두막집에서 선창에 이르기까지 죽 한 줄로 늘어서 있었다. 다른 양버들은 곶岬을 따라 늘어서 있었다.

한 줄기 오솔길이 숲 가장자리를 따라 언덕까지 뻗어 나가 있었다. 이 길을 따라가면서 그는 블랙베리 *blackberry*를 따곤 했다. 그 후 그 통나무집은 불타 버렸고 벽난로 위에 있던 사슴*deer* 발로 만든 총걸이에 걸려 있던 총도 타 버리고 말았다. 나중에 보니 탄창의 총알은 녹아 버렸고 개머리판도 불타 버렸으며 총신만이 잿더미 위에 누워 있었다.

그는 세탁용의 큰 쇠로 만든 가마솥에 넣어서 잿물을 만드는 데 그 재를 사용하였다. 할아버지에게 타다 남은 총을 가지고 놀아도 괜찮겠는가 물어 보았더니 할아버지는 안 된다고 하셨다. 타다 남은 총이기는 했으나 자신의 총이라는 뜻이었으리라. 그 후 다시는 총을 사지 않았다. 뿐만 아니라 다시는 더 사냥도 나가지 않았다.

이번에는 같은 장소에다 널빤지로 집을 짓고 하얗게 칠을 했다. 현관에서는 포플러나무와 건너편 호수가 바라다보였다. 그러나 이제 집 안에는 총이 없었다. 통나무 오두막집 벽에 있는 사슴 발로 된 총걸이에 걸려 있던 총신은, 지금은 잿더미에 뒹굴고 있었지만 아무도 손대는 사람이 없었다.

전쟁 후 블랙 포레스트 _Black Forest_(독일 남서부의 삼림지대: 옮긴이)에서 송어 낚시터를 빌린 일이 있었다. 그곳까지 가는 데는 두 갈래 길이 있었다.

그 하나는 트리베르그 _Triberg_로부터 골짜기로 내려가는 길이었다. 하얀 길가에 자라고 있는 나무 그늘 아래로 난 골짜기 길을 돌아 언덕으로 뻗어 나간 오솔길을 올라가노라면 슈바르츠 발트풍 _Schwarzwald_風의 큰 집들이 서 있는 조그만 농장들에 다다른다. 그리고 다시 이곳을 지나면 마침내 그 길이 개울을 건너는 곳까지 오게 된다. 그곳이 바로 그 낚시질을 시작하던 곳이었다.

또 다른 하나는 숲 가장자리까지 험준한 언덕길을 올라가 소나무 숲을 지나고 언덕 꼭대기를 넘어서 초원 기슭으로 나와 다시 이 초원을 가로질러 다리 쪽으로 내려가는 길이었다. 개울을 따라 벚나무가 자라고 있고, 개울은 크지 않으나 물은 맑고 물살이 빨랐다. 벚나무 뿌리가 물결에 패인 곳은 웅덩이를 이루고 있었다.

트리베르그의 호텔 주인에게는 경기가 좋은 계절이었다. 날씨도 화창하고 우리들은 모두 사이좋게 지냈다. 그 이듬해에는 인플레가 닥쳐왔다. 지난해에 번 돈으로 호텔을 운영하는 데 필요한 물자를 충분하게 사들일 수가 없어서 주인은 목을 매어 자살하고 말았다.

이런 일들을 받아쓰게 할 수 있을지는 모르지만, 콩트레스 카르프 광장 *Place Contrescarpe*에 대한 일만은 받아쓰게 할 수 없을 것이다.

그 거리에서는 꽃장수들이 꽃에 물감을 들이고 있었다. 버스가 출발하는 근처의 포장된 길 위에는 그 물감이 흐르고 있었다. 노인과 여자들은 포도주와 포도즙을 짠 찌꺼기로 만든 싸구려 술에 항상 취해 있었고, 아이들은 추위에

콧물을 흘리고 있었다. 카페 테자마뜨르 *Café des Amateurs* 에는 더러운 땀 냄새와 가난뱅이와 주정뱅이의 냄새가 코를 찌르고 있었다.

그들이 살고 있던 발 뮈제트 *Bal Musette* 에는 매춘부들이 살고 있었다. 문지기 여자도 프랑스 공화국의 기병을 자기 방에서 접대하고 있었고, 말 털이 꽂힌 그의 헬맷이 의자 위에 놓여 있었다.

복도 건너편 방에 세 들고 있는 여자의 남편은 자전거 경주 선수였다. 그날 아침 우유 가게에서 〈L' Auto〉지(프랑스의 격주간 스포츠 잡지:옮긴이)를 펴 들고 남편이 처음 출전한 파리와 투르 *Tours* 간의 경주에서 3등을 한 기사를 보았을 때의 그 여자의 기쁨, 그 여자는 얼굴을 붉히고 웃어대면서 노란색의 잡지를 들고 무어라 떠들어대면서 이층으로 달려 올라갔다.

발 뮈제트를 경영하고 있는 여자의 남편은 택시 운전사였다. 그가, 즉 해리가 아침 첫 비행기로 떠나야 했던 날 아침 그녀의 남편이 문을 노크해서 그를 깨워 준 일이 있었다. 그들은 출발하기 전에 술집의 양철로 입혀진 카운터에서 흰 포도주를 한잔씩 나누었다. 그 당시 그는 이웃

들이 모두 가난했기 때문에 그들과는 잘 사귀어 알고 있었다.

그 광장 주변에는 두 종류의 인간들이 있었다. 주정뱅이와 스포츠광이었다. 주정뱅이는 술에 취해서 자신의 가난을 잊었고, 스포츠광은 운동에 정신이 팔려서 자신의 가난을 잊고 살았다.

그들은 코뮌(1871년 3월 18일에서 5월 27일까지 독불전쟁 때 파리를 지키기 위하여 파리 시민들이 궐기해서 만든 자치정부. 일종의 혁명적 노동자 정부:옮긴이) 당원의 후예들이며, 정치 문제를 판단하는 데는 그리 어렵지 않았다. 그들은 자신들의 아버지와 친척, 형제, 그리고 친구들을 누가 죽였는가를 잘 알고 있었다.

그 당시에는 베르사유*Versailles* 군대가 쳐들어와서 코뮌 정부의 뒤를 이어 파리를 점령하고 손이 거칠거나 모자를 쓴 사람, 또는 그 밖에 노동자란 표시가 있는 사람을 닥치는 대로 잡아서 처형해 버렸다.

그런 가난 속에서 말고기 푸줏간과 포도주 협동조합 앞길 건너편 숙소에서 그는 쓰려고 한 작품의 첫 부분을 썼다. 파리에서 이곳만큼 그의 마음에 드는 곳도 없었다.

가지가 쭉 뻗은 나무들, 아래는 갈색 페인트칠을 하고

하얗게 회칠을 해 놓은 낡은 집들, 둥그런 광장에 서 있는 초록빛의 긴 합승버스, 포장길 위에 흐르는 자줏빛의 꽃물감, 카르디날*Cardinal,* 르모앙느가*Lemoine* 街의 언덕에서 세느*Seine* 강으로 내려가는 가파른 비탈길, 그리고 무프타르*Mouffetard* 가로의 비좁고 복잡한 곳을 지나는 또 하나의 길, 하나는 판테옹*Panthcon* 쪽으로 올라가는 길이며 또 하나는 그가 늘 자전거를 타고 다니던 길이다.

그 길은 그 구역에서는 유일한 포장된 길이었고, 자전거 타이어가 굴러가는 것이 미끄러웠다. 높고 좁은 집들이 늘어서 있고 폴 베를렌느*Paul Verlaine*가 마지막 숨을 거두었다고 하는 높다란 싸구려 호텔도 있었다.

그들이 살고 있던 아파트에는 방이 두 개밖에 없었다. 베를렌느는 맨 위층의 방 하나를 월세 60프랑으로 세 들어 거기서 글을 썼다. 거기서는 파리의 지붕과 굴뚝, 그리고 언덕들이 다 바라다보였다.

아파트에서는 장작과 석탄을 파는 가게가 보일 뿐이었다. 그 가게에서는 포도주도 팔고 있었다. 질이 나쁜 포도주였다. 말고기 푸줏간 바깥에는 황금색 말 대가리가 걸려 있고, 열린 창 안에는 황금 빛깔의 말고기가 걸려 있었다.

녹색 페인트칠을 한 협동조합에서 그들은 늘 포도주를 샀다. 양질의 술이었으며 값도 쌌다. 그 나머지는 벽토를 칠한 벽과 이웃집 창문들뿐이었다. 밤에 누군가가 술에 만취되어 행길에 쓰러지면, 실은 그런 일이 없을 거라 믿고 있지만 그 전형적인 프랑스식 주정의 말투로 신음하고 꿍꿍거리노라면 이웃 사람들은 창문을 열고 뭐라고들 지껄여대는 것이었다.

"순경은 어디 있어? 개똥도 약에 쓰려니까 없다더니 필요 없을 땐 자주 나타나는 주제에 말이야. 어느 문지기년하고 자고 있을 테지. 경찰을 불러와."

그러다가 누군가가 창 밖으로 물 한 동이를 쏟아 부으면 그 신음 소리는 그치고 만다.

"이건 뭐야? 물이로군. 그것 잘 생각한 일인데."

이윽고 창문이 닫힌다.

그가 데리고 있던 가정부인 마리 *Marie*는 8시간 노동제에 항의해서 이렇게 말했다.

"남편이 6시까지 일을 하게 되면 집으로 돌아오는 길에 가볍게 한잔하고 돌아올 테니까 그리 낭비는 되지 않을 거예요. 그렇지만 5시까지 일을 하게 되면 매일 밤 술에 취하게 되니 돈이 남을 리가 있겠어요. 노동 시간 단축으로 골탕 먹는 건 노동자의 아내들뿐이죠."

"수프를 좀 더 드시지 않겠어요?" 하고 그녀가 다시 권했다.

"아니, 참 맛있었소."

"조금만 더 드세요!"

"위스키 소다를 조금만 마시고 싶은데……."

"그건 당신 몸에 해롭다니까요."

"그렇지. 내겐 해로울 거야. 콜 포터Cole Porter(미국의 유행가 작곡가, 가수:옮긴이)가 이런 가사를 써서 작곡까지 한 일이 있었지.

"아시다시피 저도 당신에게 술을 드리곤 싶어요."

"아, 그렇군! 내 몸에 해로우니까 그렇단 게로군."

이 여자가 가 버리면 내가 원하는 것은 다 가질 수 있을 텐데, 하고 그는 생각했다. 내가 원하는 전부는 아닐지라도, 적어도 여기 있는 것만은 모두 말이야. 아, 피곤하다. 너무 피곤해.

그는 잠시 눈을 붙여 보려고 가만히 누웠다. 죽음은 거

기에 없었다. 다른 거리를 돌아서 떠나가 버린 게지. 죽음
은 나란히 자전거를 타고 포장된 길 위를 아무 소리도 없
이 달리고 있었다. 그렇다! 그는 아직 파리에 대한 글은 한
번도 쓴 적이 없었다. 항상 관심 거리가 되곤 했던 파리에
대해선 아직 쓴 적이 없었다.

그렇다면 아직 한 번도 쓴 적이 없는 다른 일에 대해서
는 어떠했던가? 그 목장과 은회색의 들쑥이며, 관개용 도
랑의 맑고 빠른 물살이며, 짙은 초록빛의 개나리 등은 어
떠했던가? 오솔길은 몇 개의 언덕 너머로 뻗어 가고 있었
고, 여름철의 소들은 사슴처럼 수줍었다.

가을이 되어 소들을 산에서 몰고 내려올 때의 그 울음소
리며 아우성, 그리고 먼지를 일으키면서 천천히 움직여 가
는 그 무리들. 그리고 서산 너머 황혼의 햇빛을 받고 뚜렷
이 윤곽을 드러내고 있는 봉우리들, 그리고 달빛에 비친
오솔길을 말을 타고 내려올 때 건너편 골짜기까지 환하게
비춰 주던 달빛 어둠 속에서 앞이 보이지 않아 말 꼬리를
잡고 숲 속을 내려오던 일 등이 생각난다. 그 밖에 써 보려
던 모든 이야기들.

그 무렵 목장에 남아서 아무도 건초를 가져가지 못하도

록 지키고 있던 바보 같은 소년, 그리고 사료를 좀 얻어 가려고 찾아온 포크가(orke家)의 그 심술궂은 늙은이 — 이 늙은이는 소년을 데리고 있을 때 자주 매질을 했었다. 그 소년이 거절하자 늙은이는 또 때리겠다고 위협을 했다.

소년은 부엌에서 라이플 총을 들고 나와 늙은이가 헛간으로 들어가려고 할 때 쏘았다. 사람들이 목장으로 돌아왔을 때는 늙은이가 죽은 지 이미 한 주일이 지나 있었다. 시체도 가축의 우리 속에서 꽁꽁 얼어붙어 있었고 시체의 일부는 개들이 뜯어먹고 있었다.

시체의 남은 부분을 모포에 싸서 썰매 위에 싣고 밧줄을 동여맨 다음 소년에게 거들게 해서 그것을 끌고 갔었다. 소년과 그는 스키를 타고 도로로 끌고 나와 60마일(약 10킬로미터:옮긴이)이나 되는 마을로 내려가서 그 소년을 경찰에 넘겨주었다.

소년은 자기가 체포되리라고는 꿈에도 생각지 않고 있었다. 자기는 의무를 다했으며 두 사람은 절친한 친구라 믿고 있었기 때문에 체포되기는커녕 상이라도 받을 줄 알고 있었다. 늙은이의 시체를 운반하는 일을 도운 것도 늙은이가 얼마나 악질이었는가, 또는 어떻게 자기의 것도 아닌 사료를 훔치려고 했는가를 다 알고 있으리라 생각했기 때문이었다.

경찰관이 쇠고랑을 채웠을 때 소년은 이것이 사실인지 믿을 수가 없었으며, 소년은 엉엉 소리를 내서 울기 시작했다. 이 일도 그가 써 보려고 생각했던 일 중의 하나였다. 그는 이 고장에 대한 소재를 적어도 스무 개 정도는 가지고 있었다. 그러나 그는 한 번도 쓴 적이 없었다. 무슨 까닭이었을까?

"당신이 그 까닭을 좀 말해 보구려."

갑자기 그가 물었다.

"아니, 까닭이라니, 여보?"

"아무것도 아냐"

그와 함께 살게 된 이후부터 그녀는 술을 많이 마시지 않게 되었다. 그러나 만약에 그가 살아난다고 하더라도 그녀에 대해서는 쓰지 않을 것이다. 그는 이것을 스스로 잘 알고 있는 터였다.

다른 어느 여자에 대해서도 쓰지 않을 것이다. 돈 많은 놈들은 대개가 과음을 하거나 우둔하며, 아니면 주사위 놀음이나 지나치게 하게 마련이다. 따라서 그놈들은 지저분하기 짝이 없고 똑같은 일만 되풀이하고 있을 따름이다.

그는 가난한 줄리앙 *Julian* 생각이 났다. 줄리앙은 부자들에 대해서 낭만적인 경외감을 가지고 있었으며, 언젠가 "부자들은 당신이나 나와는 다른 사람들이다"라는 구절로 시작하는 소설을 쓰려고 한 적이 있었다.

그때 어떤 사람이 줄리앙에게 "그래, 그들은 우리보다 돈이 훨씬 많지." 하고 맞장구를 쳤던 일이 있었다. 그러나 그 말이 줄리앙에게는 유머로 들리지가 않았다. 그는 부자들에 대해 특수한 매력을 지니고 있는 족속이라 생각하고 있었다. 그런데 사실은 그렇지가 않다는 것을 알았을 때 그것은 다른 어떤 일보다도 그의 기분을 상하게 하고 말았다.

환멸을 느끼게 된 인간을 그는 경멸했었다. 그 무엇을 이해했다고 해서 그것을 기뻐할 필요는 없는 것이다. 그는 무슨 일이든지 이겨 낼 수 있다고 생각했다. 왜냐하면 어떤 일이건 간에 개의치 않는 한 그것이 자기를 괴롭힐 수는 없다고 생각했기 때문이다.

그렇다! 이젠 죽음에 대해서까지도 개의치 말아야겠다.

언제나 무서워했던 것은 오로지 고통뿐이었다. 고통이 너무 오래 계속되어 마침내 그를 지쳐 버리게 할 때까지 그는 누구 못지않게 고통을 견디어 낼 수는 있을 것이다. 그러나 지금 여기에는 그에게 엄청난 고통을 안겨 주는 그 무엇이 있었다. 그것이 바야흐로 그를 파멸시키려 하고 있다는 느낌이 든 순간 고통은 멎어 버렸다.

아주 오래전이었다.

폭탄 투척 장교인 윌리엄슨*Williamson*이 철조망을 뚫고 참호로 들어가다가 독일군 순찰병이 던진 수류탄에 맞았을 때의 일이 생각난다.

그는 비명을 지르면서 누구든지 자기를 죽여 달라고 애원을 했다. 약간 허풍선이기는 했으나, 뚱뚱한 몸집에다 아주 용감하고 훌륭한 장교였다. 그러나 그날 밤 철조망에 걸려 적의 탐조등이 비치고 보니 내장이 튀어나온 채로 그는 철조망에 걸려 있었다. 그리하여 전우들이 목숨은 아직 붙어 있는 그를 안으로 끌어들였을 때 전우들은 그의 내장을 끊어야만 했다.

"해리, 나를 쏴 줘. 제발 부탁이야, 나를 쏴 주게."

하나님은 우리에게 견딜 수 없는 고통을 주시진 않는다

는 문제를 가지고 모두 함께 토론한 적이 있었다. 그것은 시간이 적당히 흐르면 고통은 자연히 없어진다는 뜻이라고 해석하는 사람도 있었다. 그러나 그는 항상 그날 밤의 윌리엄슨의 일이 결코 잊혀지지가 않았다. 자기가 사용하려고 간직해 두었던 모르핀 정제를 전부 털어 주었을 때까지도 윌리엄슨의 고통은 사라지지 않았다. 게다가 모르핀도 즉각적인 효험이 없었다.

그러니 현재 그가 겪고 있는 이 정도의 고통은 아무것도 아니었다. 지금 계속되고 있는 상태가 더 이상 악화되지 않는다면 조금도 걱정할 필요가 없었다. 다만, 더 좋은 상대자와 함께 있고 싶은 심정을 제외한다면.

함께 있고 싶은 대상에 대해 그는 잠시 생각해 보았다.

아니야. 온갖 일들을 해 온데다 너무 오래 끌었고, 게다가 이미 때가 늦은 지금에 와서 아직 상대자가 있으리라고 기대할 수는 없어. 사람들은 모두 가 버렸다. 파티는 끝나고 남아 있는 것은 나와 나의 여주인뿐이다.

다른 모든 게 귀찮아지듯 이젠 죽음도 귀찮아지는구나, 하고 그는 생각했다.

"귀찮은 일이야."

그가 소리내어 말했다.

"뭐가요, 여보!"

"무엇이든 너무 오래 하면 다 그렇단 말야."

그와 모닥불 사이에 있는 그녀의 얼굴을 그는 바라다보았다. 그녀는 의자에 기대어 앉아 있었다. 불빛 때문에 그녀의 명랑한 얼굴 윤곽이 또렷이 보였다. 졸린 얼굴을 하고 있는 것도 알 수 있었다. 모닥불 주변에서 하이에나가 울고 있는 소리도 들을 수 있었다.

"나는 소설을 써 온 셈이었지."

그가 말했다.

"그런데 이젠 지쳤어."

"좀 주무실 수 있을 것 같으세요?"

"그럼, 그런데 당신은 왜 여태 안 자는 거야?"

"당신과 여기 이렇게 앉아 있고 싶어서요."

"당신은 좀 이상한 기분이 들지 않소?"

그가 물었다.

"아뇨, 약간 졸릴 뿐이에요."

"난 이상한 예감이 드는군."

죽음이 다시금 다가오는 걸 그는 느낄 수 있었다.

"지금껏 내가 단 한 번도 잃은 적이 없었던 건 호기심뿐이지."

그가 말했다.

"당신은 아무것도 잃은 게 없으세요. 당신은 제가 알고 있는 한 가장 완전한 분 같으신 걸요."

"제기랄."

그가 내뱉었다.

"여자란 어쩜 그렇게도 모자랄까. 그건 또 무슨 소리요? 그것이 당신의 직관이란 말인가?"

바로 그 순간, 죽음이 가까이 다가와서 그 머리를 침대다리에 기대고 있었기 때문에 그는 죽음의 입김을 맡을 수 있었다.

"죽음이란 큰 낫scythe과 두개골skull(사신死神의 상징:옮긴이)을 가지고 있다는 말을 믿어서는 안 돼." 하고 그는 말을 이었다.

"죽음이란 어쩌면…… 자전거를 타고 오는 두 사람의 순경과 같을 수도 있고, 또 어쩌면 새일 수도 있는 거야. 혹은 하이에나처럼 넓적한 코를 가지고 있을 수도 있지."

죽음은 바야흐로 그에게 다가오고 있었으나 형상을 갖

추고 있는 것은 아니었다. 다만 공간을 차지하고 있을 따름이었다.

"저리 물러가라고 해요, 어서!"

죽음은 물러가지 않고 오히려 더욱 가까이 다가왔다.

"넌 지독한 냄새를 피우는구나."

그는 죽음을 향하여 말했다.

"이 고약한 냄새를 풍기는 놈 같으니……."

죽음은 그에게로 더욱 바싹 다가들었다. 이젠 죽음에게 말을 할 수도 없었다. 말을 못한다는 것을 알자 죽음은 조금씩 더 가까이 다가왔다.

그는 지금 아무 말 없이 죽음을 물리치려고 한다. 그러나 죽음은 그의 몸 위에 올라타고 그놈의 온 무게로 그의 가슴을 짓누르고 있다. 죽음이 그곳에 웅크리고 있어서 그는 움직일 수도 없고 말할 수도 없다.

그녀의 말소리가 들렸다.

"선생님께서 지금 잠이 드셨으니 침상을 가만히 들어 텐트 안으로 옮기도록 해요."

죽음을 쫓아 달라고 그녀에게 말하려 했으나 그는 말을 할 수가 없었다. 웅크리고 있던 죽음이 이제 더욱더 육중하게 짓눌러 왔기 때문에 그는 숨도 제대로 쉴 수가 없었다. 그러나 침상을 치켜들던 순간, 갑자기 사태는 정상으로 되돌아가서 짓눌러 왔던 무게가 가슴으로부터 사라졌다.

아침이었다.

날이 밝은 지 이미 오래였다. 그는 비행기 소리를 들었다. 비행기는 처음에는 아주 조그맣게 보이다가 차츰 커다란 원을 그리기 시작했다.

소년들은 뛰어나가서 석유로 불을 지르고 그 위에 풀을 쌓아올렸다. 그래서 들판 양쪽에서는 두 줄기 커다란 연기가 되어 올라가고 연기는 아침 나절의 산들바람을 타고 날아와서 캠프까지 밀려왔다.

비행기는 이번에는 저공으로 두 번 더 선회하고 나서는 활주하면서 내려와 수평이 되었다가 가볍게 착륙했다. 이윽고 그에게로 걸어오는 사람은 옛 친구인 컴프턴 *Compton* 이었다. 느슨한 바지에 트위드 재킷을 입고 갈색 펠트 모자를 쓰고 있었다.

"이봐, 어떻게 된 일이야?" 하고 컴프턴이 말했다.

"다리를 다쳤어."

그가 대답하고는 말을 이었다.

"아침 식사를 해야지."

"고맙지만 나는 커피나 한 잔 마실 테야. 보다시피 푸스 모드 *Puss Moth* 소형 경비행기라네. 부인은 함께 모시고 갈 수 없어. 한 사람 좌석밖에 없으니 말이야. 트럭이 오는 중일 거야."

헬렌 *Helen*이 컴프턴을 옆으로 데리고 가서 뭐라고 얘기를 했다. 컴프턴은 전보다 더 명랑한 얼굴을 지으며 돌아왔다.

"우선 자네부터 태우고 가야겠네." 하고 컴프턴이 말했다.

"그리고 부인을 모시러 다시 오겠네. 그런데 연료를 보급하러 아루샤 *Arusha*에 기착해야 할지도 모르겠는걸. 아무튼 곧 출발하는 것이 좋겠군."

"커피는 어떻게 하고?"

"여보게, 커피 같은 건 문제가 아니란 말이야."

소년들은 녹색 천막을 나와 바위를 돌아 내려갔다. 침상을 평지로 운반하느라고 활활 타오르고 있는 모닥불 옆을 지나갔다. 쌓여진 건초는 모두 다 타 버리고 바람이 불길을 부채질하고 있었다.

　마침내 소형 비행기가 있는 곳에 다다랐다. 그를 비행기에 태우는 일이 쉽지 않았지만 몸이 들어가자 그는 가죽으로 된 좌석에다 몸을 기댄 채 다리를 컴프턴의 좌석 한쪽 옆으로 곧게 뻗었다.

　컴프턴은 발동을 걸고는 비행기에 올라탔다. 그는 헬렌과 소년에게 손을 흔들었다. 부릉부릉 하는 소리가 귀에 익은 엔진 소리로 변하자 마침내 기체가 한 바퀴 돌았다.

　컴프턴은 혹시 근처에 아프리카 돼지 *wart-hog* 구멍이 없나 하고 두리번거렸다. 비행기는 소리를 내고 기우뚱거리면서 모닥불 사이의 평지를 달리다가 마침내 기우뚱하더니 하늘로 떠올랐다.

　밑에서 남은 사람들이 손을 흔들고 있는 게 보였다. 언덕 옆에 있는 숲과 캠프가 이젠 납작하게 보였다. 들판이 멀리 뻗어 나가 있고, 덤불도 납작해 보이고, 한편으로 몇 갈래로 나 있는 사냥길이 말라붙은 웅덩이까지 곱게 뻗어 있고, 지금까지 한 번도 본 일이 없었던 시내가 보였다.

　얼룩말은 조그맣고 동그란 등만 보였다. 작은 영양 무리들도 기다란 손가락 모양으로 들판을 횡단해 갈 때면 그 커다란 머리가 흡사 점들이 공중으로 기어 올라오는 것처럼 보였다. 비행기 그림자가 그들에게 다가가면 사방으로 흩어져서 조그맣게 보일 뿐 달리고 있는 것처럼 보이지 않았다.

이제 시야에 들어오는 들판은 뿌연 황색뿐이고 앞에는 트위드 재킷을 입은 컴프턴의 등과 갈색 펠트 모자가 보일 따름이다. 그 순간, 그들은 첫 번째 언덕을 넘었다. 작은 영양들이 그들 뒤를 따르고 있었다.

이윽고 산악을 넘자 갑자기 짙은 녹색의 울창한 숲이 들어찬 계곡과 대나무가 무성한 산비탈이 나타났다. 다시금 산봉우리와 골짜기에 새겨진 듯한 울창한 숲을 지나면 언덕이 비스듬히 낮아지고 또 하나의 들판이 나타났다.

이젠 날씨가 더워지면서 들판은 자줏빛을 띤 갈색으로 변하고 비행기의 동요는 더욱 심해졌다. 컴프턴은 해리가 타고 있는 모습을 보려고 뒤를 돌아다보았다. 그 순간, 거무스름한 산맥이 눈앞에 나타났다.

그러자 비행기는 아루샤를 향해 나는 것이 아니라 왼쪽으로 방향을 돌렸다. 분명히 연료는 충분한 것 같았다. 아래를 내려다보니 채로 친 듯한 분홍색 구름이 지상 가까운 공중을 떠돌아다니고 있었다. 그것은 어디선지 모르게 불어

오는 눈보라를 알리는 첫눈과도 같았다. 이윽고 남쪽에서 날아온 메뚜기 떼라는 것을 알 수 있었다. 그러자 비행기는 상승하기 시작하더니 동쪽을 향해 날고 있는 것 같았다.

이윽고 폭풍우가 불어닥치고 비행기는 그 속으로 들어 갔다. 비가 억수같이 퍼붓고 있었다. 마침내 그곳을 빠져 나온 후 컴프턴은 고개를 돌려 싱긋 웃어 보이더니 손가락 으로 가리켰다.

그의 눈에 들어온 것은 온 세계만큼이나 넓고 거대하며 높은, 그리고 햇빛을 받아 믿을 수 없으리만큼 하얗게 빛 나는 킬리만자로의 네모진 봉우리였다. 그 순간, 그는 자 기가 가는 곳이 바로 저곳이라는 걸 알았다.

바로 그때, 하이에나가 밤에 울던 킹킹 소리를 멈추고 이상하게도 거의 인간이 우는 소리와 같은 울음소리를 내 기 시작했다. 그녀는 울음소리를 듣고 불안에 싸여 몸을 꿈틀거렸다.

그녀는 눈을 뜨지 않았다. 꿈속에서 그녀는 롱아일랜드 의 자기 집에 와 있었다. 그것은 딸이 처음으로 사교계에 데뷔하는 전날 밤이었다. 어찌 된 영문인지 그녀의 아버지 가 그 장소에 나타나서 소란을 피우고 있었다.

그때 하이에나가 너무 큰 소리를 질렀기 때문에 그녀는 눈을 번쩍 떴다. 잠시 동안, 자신이 어디에 있는지도 알 수 없었고 몹시 불안했다. 그래서 회중 전등을 들고 해리가 잠든 뒤에 들여놓았던 침상 위를 비추어 보았다.

　모기장 안에 그의 몸뚱이는 보였으나 어찌 된 일인지 다리는 모기장 밖으로 비어져 나와 침대 아래로 축 늘어져 있었다. 붕대가 모두 풀려 있었다. 그녀는 차마 그것을 눈 뜨고 볼 수가 없었다.

　"몰로!"

　그녀가 소리쳤다.

　"몰로! 몰로!"

　이윽고 그녀는 다시 "해리! 해리!" 하고 불렀다. 그녀의 음성은 점점 더 높아 갔다.

　"해리! 여보! 오, 해리!"

　아무런 대답이 없었다. 그의 숨소리가 들리지 않았다. 텐트 밖에서 하이에나가 그녀의 잠을 깨웠을 때와 똑같은 괴상한 울음소리를 내고 있었다. 그러나 그녀는 가슴이 울렁이고 그 울음소리도 귀에 들려오지 않았다.

작품 해설 · 옮기고 나서

최홍규

노인과 바다
The Old Man and The Sea

"*The Old Man and The Sea*"는 헤밍웨이가 53세인 1952년에 발표한 후기작으로 노벨문학상을 받은 작품이다. 노인의 이름은 산티아고 *Santiago*, 쿠바 섬 해변의 오두막집에서 혼자 사는 홀아비 어부이다. 그는 고독한 처지이지만 그를 따르는 마놀린 *Manolin* 이란 소년이 이웃에 살고 있다. 소년은 노인에게 말동무도 되어 주고 가끔 음식도 갖다 준다. 그러나 소년은 노인과 함께 바다에 나가는 것을 양친으로부터 금지당하고 있다.

너덕너덕 꿰맨 돛을 단 작은 어선으로 멕시코 만 *Gulf of Mexico* 까지 출어하지만 고기를 못 잡은 지가 벌써 84일간이나 계속되고 있다. 이러한 불운을 쿠바 _Cuba_ 에서는 스페인어로 살라오 _salao_ 라고 한다.

85일째의 이른 아침, 노인은 소년과 함께 작은 고깃배를 바다에 띄우고 혼자서 먼 바다로 나간다. 점심때쯤 큰 Marlin(청새치류의 큰 바닷고기) 한 마리가 낚시에 걸린다. 어선보다 2피트 더 큰 고기로 해저에서 잡아 올리기에는 무척 힘이 드는 일이다.

노인은 Marlin에게 끌려가지 않으려고 사력을 다하여 참는다. 해 저문 9월의 바다는 춥다. Marlin에게 끌려 노인은 배 안에 쓰러지고 눈이 찢어져 피를 흘리며 Marlin이 끄는 대로 따라간다.

이틀째의 아침이 와도 Marlin은 여전히 힘이 줄지 않는다. 노인은 다랑어의 생고기를 먹고 기운을 낸다. 해가 지고 어두운 바다에는 얼마 후 달이 떠오른다. Marlin도 낚시에 걸려 아무것도 먹지 못한 채 노인의 고깃배를 끌고 있다.

노인은 꾸벅꾸벅 잠이 든다. 사자들이 꿈속에 나타난다. 사흘째의 해가 떠오른다. 노인은 지칠 대로 지쳐 있다. Marlin이 둥근 원을 그리기 시작하고 조금씩 해면으로 떠오르며 뛰어오르자 거대한 몸통과 자줏빛 무늬가 똑똑히 노인의 눈에 비친다.

Marlin과의 격투가 시작된다. 노인은 Marlin의 배 옆구리에다 작살을 들이박는다. Marlin은 아름다운 몸통을 보이고서 바다 밑으로 가라앉았으나 이내 은색 배를 내보이며 해면으로 떠오른다. 사방은 온통 피바다다. 노인은 잡은 Marlin을 배 옆에다 갖다 붙이고서 밧줄로 묶어 끌고 가기로 한다. 전체 길이 18피트, 무게 1,500파운드나 되는 대어大漁가 잡혔으므로 노인은 운이 텄다고 생각한다.

귀로에 Marlin은 상어의 추격을 받는다. 하나의 난관이 사라지자 또 다른 어려움이 닥친다. 노인은 최초의 상어를 격퇴한다. 이어 두 마리, 세 마리로 늘고 밤이 되자 떼를 지어 몰려오는 상어를 노인은 닥치는 대로 아무거나 손에 잡히는 것을 무기로 하여 싸운다.

그러나 Marlin은 완전히 상어들에게 뜯기고 말며 배가 해안에 닿았을 때에는 모처럼의 대어도 오직 뼈만이 앙상하게 남게 되었다. 항구에 닿자 노인은 돛을 내려 감고서 지칠 대로 지친 몸으로 오두막집으로 들어가 물을 한잔을 마시고는 침대 위에 누워 깊은 잠에 빠진다. 노인은 사자 꿈을 꾸고 있었다.

이 작품의 주제는 주인공 Santiago 노인의 말 "인간은 죽는 일은 있을망정 패배하는 것은 아니다(*A man can be destroyed but not defeated.*)"라는 문장에서 나타난다. 이것은 불요불굴不撓不屈의 투쟁정신이야말로 인간 정신의 최고의 가치이며, 그에게 있어서는 영원한 승리를 의미하는 것이다. 늙은 어부 Santiago가 내뱉은 이 한마디는 한 사람의 노인을 초월하여 보편적인 인간의 문제와 맞닿아 있다. 대어와의 싸움 뒤에 오는 노인의 불행은 인간의 패배를 의미하는 것은 아니다. 이 노인이 인간은 어떻게 행동해야 하며, 또 인간이 어디까지 참을 수 있나 하는 그 한계를 보여주고 있는 셈이다. 운명과 대결하는 인간을 다루고 있다는 점에 있어서 이 작품은 그리스 비극에 견줄 만하다. 그 때문에 현대의 고전이요, 불후의 명작이다.

킬리만자로의 눈
The Snows of Kilimanjaro

이 작품은 미국 문예지 〈에스콰이어〉*Esquire* 1936년 8월호에 발표된, 조금 긴 단편으로 헤밍웨이의 단편소설 중에서 가장 뛰어난 작품이다. 동아프리카 사파리*safari*에서 얻은 경험이 소설화된 것으로, 가장 자전적인 요소가 짙다.

주인공 해리는 능력을 인정받고 있는 미국의 중견 작가인데 아프리카 수렵 여행 중 다리가 가시에 긁힌 것이 악화되어 죽음을 눈앞에 두게 된다. 그는 전쟁이며 낚시, 화려했던 도시 생활, 파경에 이른 결혼 생활 등을 회상하며 이제는 도저히 어쩔 수 없는 인생의 종말을 지그시 바라본다.

이 단편은 죽음이란 주제를 구성 면에서 얼마나 훌륭하게, 그리고 상징적으로 처리했는가를 감동적으로 보여 주는 작품이다. 아프리카에서 아내와 더불어 사냥을 하다가 다리에 입은 상처가 덧나 죽어 가던 중 한 비행기에 구출되어 도회지의 병원으로 이송되는 동안 킬리만자로 산 *Kilimanjaro*山을 향하여 간다는 망상에 사로잡히는 한 작가의 이야기이다.

죽음의 환영에 시달림 받는 그는 지난 반생의 몇몇 시절을 회상한다. 죽음은 이 단편 전체를 시종 지배하는 주제이기도 하지만, 주인공의 회상에 나오는 몇 가지 과거 시절의 삽화 하나하나를 지배하는 것도 역시 죽음이다.

처음에는 죽음이 그다지 심각하지 않고 먼 거리에 있는 배경처럼 등장하지만, 회상이 진행됨에 따라 차츰 그 농도가 짙어져 드디어는 이 작가의 신변 가까이 옮아 온다. 그가 목격한 죽음은 언제나 비명의 죽음이요, 잔인한 죽음이었다. 그는 불가리아와 오스트리아의 겨울을 회상하지만 이곳들은 모두 사람이 살육되는 전쟁터와 관련된 것이다. 그는 또 콘스탄티노플을 생각하고 아나톨리아에서의 전투와 학살 사건을 회상한다. 그는 또 파리를 회상하고 전제군주 군대의 총에 맞아 쓰러진 파리 코뮨 시대의 시민군의 후예들을 회고한다. 그는 또 건초를 훔치러 온 노인을 살해한 백치 소년이 살던 농장을 회상한다.

아프리카 사냥의 천막 기지로 되돌아와 일상적인 대화가 간간이 계속된다. 그러나 그 대화는 으레 다가오는 죽음의 얘기로 끝나는 것이다. 지금 그의 아내는 그의 육체적 생명을 구하려고 필사적인 간호를 하고 있지만, 따지고 보면 부호의 딸인 그녀의 재산이 이미 그를 나태와 방종의 생활로 이끌었기 때문에 그를 문학적으로 죽였던 셈이다.

그의 주변이나 회상 속에 나오는 상징물들도 모두 죽음과 연관되어 있다. 살이 썩는 냄새를 맡고 차츰 가까이로 다가오는 말똥가리(수릿과의 새)나 하이에나는 물론이고 Kilimanjaro 정상 위에 있다는 동사한 표범의 잔해도 마찬가지이다. 그리고 자주 나오는 겨울과 눈은 물론, 자연계의 죽은 계절인 겨울을 통하여 죽음을 상징하고 있다.

이 단편은 이렇게 죽음과 죽음의 상징으로 충만되어 있

다. 그러나 이것은 이 단편 구성의 반에 불과하다. 왜냐하면 이들 죽음의 테마에는 고고하고 신비스러운 위대성이나 약동하는 생명력을 나타내는 배경과 늘 대비하여 제시되고 있기 때문이다. 바꾸어 말하면 죽음은 삶과 교차하는 아름다운 균형을 이루는 구성 속에 포착되어 있다는 뜻이다. 죽음의 이미지는 아프리카 대륙이나 주인공의 회상 속에 나오는 사물을 지배하지만, 위대성이나 생명력은 주인공의 생애의 전개 속에 제시되어 있다.

주인공의 생애는 폭넓고 화려한 경험으로 점철되어 있다. 그는 온 세계를 여행하였고, 각종 스포츠를 즐겼고, 전쟁에도 참가하였다. 그는 또한 많은 여인을 사랑했고, 많은 사랑을 짓밟았으며, 게다가 창조하려는 예술적 욕구로 충만되어 있다.

이것은 주인공의 생명에의 의지와 활력을 암시하는 것이다. 마지막으로는 Kilimanjaro의 정상을 향하여 비행하는 환상으로 그 절정에 도달한다. 따라서 이 단편의 진정한 테마는 이런 양면성에 있고, 이는 이 단편의 제목이나 서두에 나온 소개문*epitaph*에 잘 나타나 있다.

이 작품 *"The Snow of Kilimanjaro"*는 열기와 생명력에 찬 거대하고 신비로운 아프리카 대륙 한복판에 위치하는 영

봉의 정상 위에 쌓인 눈이다. 게다가 표범은 아름답고 야성적인 맹수이지만 그렇게 높은 곳에서 무엇을 탐구하려다 얼어붙은 시체로 변해 있을까? 평생 동안 진실을 추구하면서도 뜻을 이루지 못한 주인공이 작가의 모습일까?

죽음은 헤밍웨이에게 있어서 두렵고 불쾌한 것인 동시에 이상한 매력을 지닌 것이었다. 비록 죽음일망정 확실성 있는 어떤 대상물과 대비될 때 비로소 생명력과 창조력이 그 좌표를 발견할 수 있는 것이다.

주인공 해리는 행복과 이상의 소망을 접고 냉엄한 죽음을 맞는다. 피할 수 없는 인간 조건을 보여 준다.

최홍규

　서양의 현대 작가들 중에서 어니스트 허밍웨이*Ernest M. Hemingway*(1899-1961)만큼 우리나라에 널리 알려진 작가는 없을 것이다. 아마도 다른 나라에서도 같을 것이다. 그 예로서 세계 인명록으로 최고의 권위를 자랑하는 영국의 〈인터내셔널 후즈후〉*International Who's Who*는 21세기를 맞이하며 지난 20세기 100년 동안 인류에 가장 많은 영향을 준 정치, 경제, 사회, 문학, 예술계 등 분야별로 '20세기를 움직인 사람'을 국제적으로 폭넓게 조사하여 1999년 5월에 발표한 적이 있다. 문학에서는 헤밍웨이, 예술에서는 파블로 피카소 *Pablo R. Picasso*(1881-1973)였다.

　현대 영미 소설가 중에서 내가 제일 좋아하는 작가도 역시 헤밍웨이이다. 나는 헤밍웨이의 모든 작품을 빠짐없이 원서로 읽었다. 《헤밍웨이 : 그의 일생》*"Ernest Hemingway:*

A life Story" by Carlos Baker 등 전기 비평서를 10여 권 읽었고 헤밍웨이 문학과 사상에 관한 국내외 학자들의 학술 논문도 100여 편 읽었다. 그리고 대학에서 헤밍웨이 문학을 가르치기도 했다.

나는 헤밍웨이 작품의 영화도 모두 보았고 헤밍웨이가 태어난 곳, 살았던 곳, 죽어 묻힌 곳까지 가 보았다. 헤밍웨이가 기자로 일했던 캔자스 스타 *The Kansas City Star* 신문사와 그가 글 쓰던 플로리다 남단의 키 웨스트 *Key West*, 그리고 그가 고기를 잡던 멕시코 만 *Gulf of Mexico*에도 가 보았다. 그리고 나는 한국헤밍웨이학회 제3대 회장을 역임했으며, 현재는 고문으로 있다.

헤밍웨이는 의사인 아버지와 음악가인 어머니 사이에서 6남매 중 장남으로 태어나 유복하게 자랐으며, 고등학교를 우등으로 졸업하고도 본인의 뜻에 따라 대학을 가지 않았다.

신문 기자, 전장에서 앰뷸런스 운전사를 지냈고 사냥, 낚시, 여행 등을 즐겼다. 1953년에 퓰리처상을 받고 1954년에 노벨문학상을 받는 등 작가로서 성공했다.

그러나 성공과 명성을 뒤로하고 1961년 7월 2일 아침에 자택에서 평소에 애용하던 엽총으로 자살하여 천수를 누리지 못하고 62세로 삶을 마감한 것은 매우 슬픈 일이다. 그의 죽음은 세계의 독자에게 충격을 주었다. 백악관, 버킹검궁, 크레믈린궁, 바티칸궁 등 세계 여러 나라에서 공식적인 애도 성명을 발표했다. 정치가가 아닌 문인에게는 처음 있는 일이었다.

그가 왜 자살했는지는 그만이 알 수 있지만 나는 다음 세 가지를 자살 이유로 추정해 본다.

첫째, 헤밍웨이가 29세였을 때 그의 아버지가 자살하여 나쁜 보기를 보여 주어 자살에 관심을 갖게 되었다.

둘째, 젊은 시절 전장에서 얻은 부상의 후유증, 당뇨병과 저혈색소증 등으로 육체적 건강이 나쁘고, 이혼을 세 번 하고 결혼을 네 번 하는 등 굴곡이 심했던 인생 과거를 반성하는 데 따르는 정신적 피로감을 물리치기 힘들었다.

셋째, 작가에게 필수적인 기력과 상상력의 쇠퇴로 좋은 작품이 쓰여지지 않은 것이다. 헤밍웨이는 일찍이 《젊은 이에게 주는 충고》 *Advice to a Young Man* 에서 "작가에게 가장 힘든 일은 기력과 왕성한 상상력을 유지하는 것이다" *(The toughest thing for a writer is to maintain the vigor and fertility of his imagination.)* 라고 말한 적이 있다. 헤밍웨이가 세상을 떠난 지 반세기가 가까워 오지만 오늘도 세계 여러 곳에서 그의 작품이 꾸준히 읽혀지고 있다.

내가 좋아하는 작가의 대표작 두 편을 번역하여 출판하게 되어 매우 기쁘다. 전세계에서 이미 2,000만여 명의 독자가 읽은 이 명작을 한국에서도 더 많은 사람들이 다시 읽고 헤밍웨이 문학을 감상하기를 바라면서 많은 시간을 내어 공들여 번역했다.

존 스터지스 *John Sturges*(1911-1992) 감독의 영화 〈노인과 바다〉 *The Old Man and the Sea*(1958作)에서 스펜서 트레이시 *Spencer Bonaventure Tracy*(1900-1967)가 Santiago 노인 역을 했는데 40여 년 전에 본 영화이지만 그 장면 하나하나가 나의 기억 속에 선명하게 떠오른다.

독자의 이해를 돕기 위하여 특이한 고유명사나 외래어는 우리말 표기 뒤에 그 원어를 덧달아 놓았다. 이 번역의 원전은 아래와 같다.

The Old Man and the Sea, Scribner's, New York, 1952.
The Snows of Kilimanjaro, Scribner's, New York, 1936.

남산이 바라보이며 한강이 내려다보이는
중앙대학교 서라벌홀 연구실에서
2006년 1월 12일
옮긴이 최 홍 규

Chronology of

헤밍웨이 연보

Ernest M.
Hemingway

헤밍웨이 연보年譜

1899년   7월 21일 미국 일리노이*Illinois* 주 시카고의 서부 오크 파크 *Oak Park*에서 태어나다. 6남매 중 장남. 아버지는 의사, 어머니는 음악가였다.

1917년 (18세)   오크 파크 고등학교*Oak Park High School* 졸업. 고등학교 재학 중에는 학교신문 The Trapeze 편집. 졸업 후 캔자스시티 *Kansas City*로 가서 The Kansas City Star 신문기자가 되다.

1918년 (19세)   The Kansas City Star 기자직을 사임하다. 이탈리아 군속 적십자 요원에 지원하여 앰뷸런스 운전사로 이탈리아 전선에 종군. 포살타*Fossalta*에서 다리에 중상을 입다.

1919년 (20세)   귀국하여 고향에 돌아오다.

1920년 (21세)   Canada의 토론토*Toronto*로 가서 The Toronto Star Weekly 및 The Toronto Daily 신문기자가 되다.

1921년 (22세)   미국 미주리*Missouri* 주 세인트루이스*St. Louis* 출신의 하들리 리처드슨*Hadley Richardson*과 결혼하다. The Toronto Daily Star 및 The Toronto Weekly Star의 유럽 특파원으로 부부가 파리*Paris*로 가다.

1922년 (23세)   셔우드 앤더슨*Sherwood Anderson*의 소개장을 들고서 거트루드 스타인*Gertrude Stein* 여사를 방문. 에즈라 파운드*Ezra Pound*를 알게 되다. 이후 두 사람과 자주 만나 문학과 사회에 관한 의견을 나누다.

1923년 (24세)   《3편의 단편과 10편의 시》*Three Stories and Ten Poems*를 파리에서 출판. 장남 John 출생하다.

1924년 (25세)   파리 수업 시대 시작되다. 파리에서 도스 페소스*Doss Passos*, 제임스 조이스*James Joyce* 등과 친교. 단편집 《우리들의 시대에》*In Our Time*를 출판하다.

1925년(26세) 이치볼드 매클리시*Archibald McLeish*, 윌리엄 칼로스 윌리엄즈*William Carlos Williams*, 스콧 피츠제럴드*F. Scott Fitzgerald*와 친교를 시작하다.

1926년 (27세) 《봄의 분류》*The Torrents of Spring*, 《해는 또다시 떠오른다》*The Sun Also Rises*를 출판, 작가로서의 지위를 확립하다.

1927년 (28세) 두 번째 단편집 《남자들만의 세계》*Men Without Women*를 발간하다. Hadley Richardson과 이혼하고 폴린 파이퍼*Pauline Pfeiffer*와 두 번째 결혼.

1928년(29세) 플로리다*Florida* 주 키 웨스트*Key West*에 정착, 1938년까지 이곳에서 살다. 차남 Patrick 출생. 부친 오크 파크에서 자살.

1929년 (30세) 《무기여 잘 있거라》*A Farewell to Arms* 출판.

1932년 (33세) 《오후의 죽음》*Death in the Afternoon* 출판. 3남 Gregory 출생.

1933년 (34세) 부인과 함께 동부 아프리카로 수렵 여행을 떠남. 단편집 《승자勝者는 허무하다》*Winner Take Nothing* 출판.

1934년 (35세) 아프리카 여행 도중에 이질*dysentery*에 걸려 Kilimanjaro 산을 비행기로 넘어 케냐*Kenya*의 수도 나이로비*Nairobi*에 도착하다.

1935년 (36세) 《아프리카의 푸른 언덕》*Green Hills of Africa* (에세이집) 출판.

1936년(37세) *The Snows of Kilimanjaro*와 "The Short Happy Life of Francis Macomber"를 발표하다.

1937년 (38세) North American Newspaper Alliance(북미 신문연합) 특파원으로 스페인 내란을 취재하다. 《가진 자와 못 가진 자》*To Have and Have Not* 출판.

1938년 (39세) 《제5열 및 최초의 49 단편집》*The Fifth Column and The First Forty-nine Stories* 출판.

1940년 (41세) 《누구를 위하여 종은 울리나》*For Whom the Bell Tolls* 출판.

Pauline Pfeiffer와 이혼하고 마사 겔혼*Martha Gelhorn*과 세 번째 결혼.

1942년 (43세) 쿠바*Cuba*의 아바나*Havana*에 정착. 2차 대전 보도.

1945년 (46세) Martha Gelhorn과 이혼.

1946년 (47세) 메리 웰스*Mary Welsh*와 네 번째 결혼.

1950년 (51세) 《강을 건너 숲속으로》*Across the River and into the Trees* 출판.

1952년 (53세) *The Old Man and the Sea* 발표.

1953년 (54세) *The Old Man and the Sea*로 퓰리처상*Pulitzer Prize* 받음.

1954년 (55세) 아프리카에서 비행기 사고로 부부가 크게 다침. 미국 아카데미상, 노벨문학상*Nobel Prize*를 받음.

1959년 (60세) Life지와의 계약으로 스페인 전국투우견문기를 1960년 11월부터 1961년 1월호에 걸쳐 "The Dangerous Summer"라는 제목으로 Life지 발표.

1960년 (61세) 쿠바를 떠나 미국 아이다호*Idaho* 주 케첨*Ketchum* 시 선 밸리*Sun Valley*로 이주. 당뇨병과 저혈색소증 등으로 건강이 나빠 미네소타*Minnesota* 주 마요*Mayo*병원에 입원 치료.

1961년 (62세) 7월 2일 오전 7시경 아이다호 주 케첨 시 자택에서 평소에 사용하던 엽총으로 자살함. 선 밸리의 공동묘지에 7월 6일 로만 가톨릭 의식으로 묻힘. 당시의 유족으로는 아내 Mary Welsh Hemingway와 세 아들 John, Patrick, Gregory 등이 있었음.

헤밍웨이 걸작선

어니스트 헤밍웨이 지음 · 최홍규 옮김

발 행 일 초판 1쇄 2006년 2월 10일
발 행 처 평단문화사
발 행 인 최석두
책임편집 홍우진
디 자 인 이가은
영 업 부 윤영진
관 리 정명남 · 김주원

인쇄 한영인쇄/ 제본 은정제책 / 출력 예컴
등록번호 제1-765호 / 등록일 1988년 7월 6일
주 소 서울시 마포구 서교동 480-9 에이스빌딩 3층
전화번호 (02)325-8144(代) FAX (02)325-8143
www.pdbook.co.kr e-mail pyongdan@hanmail.net
ISBN 89-7343-227 03840
값 9,000원

옮긴이 최홍규崔鴻圭

중앙대학교 문과대학 영문학과 교수(현재)
문학박사, 시인, 수필가, 문학평론가, 번역가
이화여대, 한국외대 , 숭실대 외래교수
미국 하버드대, 예일대 풀브라이트 교환교수
영국 케임브리지대, 에딘버러대, 런던대(UCL) 객원교수
프랑스 소르본느대(PARIS IV) 연구교수

〈환경타임즈〉, 〈녹색21〉 논설위원(현재)
사랑의녹색운동본부 회장(현재 명예회장)
국제환경정책연구원장(현재), 한국영어교육연구학회장
한국문학과종교학회장, 한국헤밍웨이학회장
한국미국문학회장(현재), 한국번역문학회장(현재)
한국환경문인협회장(현재), 한맥문학가협회 부회장(현재)
한국문인협회원, 국제펜클럽회원, 한국시인협회원

저서 : 《영미 문학의 탐구》, 《고급 영어》 외 10여 권
번역서 : 《미덕의 책》, 《올란도》 외 200여 권
논문 : 〈헤밍웨이의 인간관〉, 〈W. 워즈워스의 자연관〉 외 90여 편
문학상 : 미국 에피포도 문학상, 한국생활문학상 대상
정부포상 : 근정포장, 대통령표창